NAMI

un voyage à soi

Symbole du mouvement perpétuel de la vie, *Nami* signifie vague en japonais. C'est aussi la maison d'édition qui donne vie à une littérature de l'intime. Une littérature qui nous parle de nos joies, de nos peines, de nos défis et de nos choix.

À travers des romans français, francophones ou étrangers, nous vous invitons à célébrer à nos côtés l'inimitable pouvoir de la littérature et à découvrir des plumes uniques, de nouveaux horizons et des personnages en quête d'eux-mêmes.

LE BRUIT
DE L'ABSENCE

Suivi éditorial : Manon Malais
Correction : Élodie Ther
Maquette : Patrick Leleux PAO

10, place des Cinq-Martyrs-du-Lycée-Buffon
75015 Paris – France
ISBN : 978-2-493816-06-1

Pour suivre notre actualité, rejoignez-nous sur Instagram (@editionsnami) !

Nami s'engage pour une fabrication écoresponsable !

Amoureux des livres, nous sommes soucieux de l'impact de notre passion et choisissons nos imprimeurs avec la plus grande attention pour que nos ouvrages soient imprimés sur du papier issu de forêts gérées durablement.

Caroline de Surany

LE BRUIT DE L'ABSENCE

Roman

NAMI

CHAPITRE 1

Allongée sur le lit d'examen, Hortense peine à se détendre malgré la main de Charles qui réchauffe la sienne. Ni les deux petits traits sur le test de grossesse, ni le résultat positif de la prise de sang ne l'ont totalement convaincue : elle n'ose pas croire qu'elle est enfin enceinte. Leurs sept mois d'essai lui ont paru une éternité, chaque occurrence de ses règles une malédiction. Le docteur Giron, une femme aux traits secs, pose le capteur glacé sur son ventre tout plat encore, plein de produit poisseux. Une grosse tache blanche apparaît sur l'écran noir.

— Regardez ce bel embryon, lance la gynécologue en blouse blanche.

Hortense respire à nouveau, il y a bien un bébé, ce n'est pas un rêve. Le docteur Giron commente :

— C'est un peu court… La taille du sac, à sept semaines d'aménorrhée, me semble petite pour la date de conception, mais à ce stade ça ne veut pas dire grand-chose. Écoutons le cœur.

Elle aurait dit « Mourez d'angoisse immédiatement », le résultat aurait été le même. Comment ça, « Ça ne veut pas dire grand-chose ? » Est-ce que c'est grave ? Est-ce qu'il y a un problème ? Hortense se tourne vers Charles en quête de soutien. Imperturbable, il regarde l'écran, les yeux pleins d'amour. Elle l'envie, ça a l'air tellement plus simple pour lui. Pourquoi ne peut-elle pas faire comme tout le monde, tomber enceinte tout de suite, avoir un embryon normal, avec un sac de taille normale, une grossesse normale, une vie normale ? Il faut toujours que ce soit plus compliqué pour elle. À l'école, déjà, elle se sentait toujours différente ; plus elle tentait de faire comme les autres, moins elle y parvenait. Le gynécologue pose sa sonde, prend l'air concentré, augmente le volume.

Boum… Boum… Boum… Boum… Boum… Boum… Boum… Boum… Boum… Boum…

Le cœur d'Hortense est au bord de l'explosion. Ce son, ce petit cœur à l'intérieur de son corps, il est vivant ! Il est vivant ! C'est un miracle, elle qui n'a jamais rien créé, elle qui n'arrive pas à faire survivre une plante chez elle plus de trois semaines, elle a fabriqué un être vivant, un vrai avec un cœur qui bat. Elle tient la main de Charles, qui la serre, et se laisse submerger par une explosion d'émotion. Elle pleure, pleure, verse les larmes de toutes ses déceptions, toutes ses peurs, elle lâche, sans rien pouvoir contrôler, des rivières de tensions contenues. Enfin elle l'a, son bébé, enfin elle va être maman.

— Belle régularité, l'embryon se porte à merveille, confirme le docteur Giron, vous pouvez vous rhabiller.

Le commentaire froid, la précipitation, rien ne sort Hortense de son émerveillement. Un enfant l'a choisie pour être sa mère. Pour la première fois de son existence, elle est l'élue, elle est l'élue de la vie.

Charles et Hortense s'installent face au docteur Giron qui leur explique les restrictions alimentaires et les prochains examens.

— Peut-elle continuer à se déplacer à vélo ? À manger des sushis ? Jusqu'à quand va-t-elle travailler ? Elle peut s'arrêter tout de suite ? demande Charles.

— Ce ne serait pas très prudent de prendre un vélo, une chute pourrait être fatale. Pas de sushis ni de viande crue. Pour l'arrêt de travail, c'est au septième mois, sauf si complication exceptionnelle, on a le temps, répond le docteur Giron. Bon, si vous n'avez pas d'autres questions…

La gynécologue se lève. Hortense aurait voulu lui demander mille choses : comment prendre soin de ce petit cœur qui bat ? Comment savoir s'il va bien ? Aucune question précise ne lui vient. Trop excitée de cette nouvelle vie qui s'ouvre à elle, elle a hâte d'annoncer la nouvelle à tout le monde. Surtout à sa mère.

En sortant du cabinet, Charles embrasse Hortense et file au travail, ravi, fier. Hortense le regarde partir heureuse d'être sa femme, heureuse de multiplier leur amour par une quantité folle de battements de cœur. Elle décide de marcher un peu sur le bord de mer, près du port qu'ils ont la chance d'avoir à quelques mètres de leur appartement, avant de rentrer. Les chroniques qu'elle doit préparer pour la radio peuvent bien attendre quelques minutes de plus. Elle descend les marches qui mènent à la petite plage de la Réserve et s'installe sur un muret, les pieds sur les galets. Elle pose sa main sur son ventre, mesure sa chance, prend une grande respiration et sort son téléphone de sa poche pour appeler sa mère.

— Maison Lagarde, j'écoute.

— Bonjour, j'aimerais parler à Sylvie, s'il vous plaît.

— Patientez un instant, je vais chercher Madame.

Hortense, la main crispée sur son téléphone, pose son regard sur l'horizon. Au loin, les mouettes chantent, et ça la réjouit de les voir virevolter près du phare. Leurs cabrioles aériennes la distraient un instant de cette angoisse qu'elle connaît bien, celle qui la prend à chaque fois qu'elle doit parler de quelque chose d'important avec sa mère. Elle a peur qu'elle ne prenne pas le temps de l'écouter, qu'elle soit froide et distante comme toujours, mais elle se rassure en se disant qu'avec une nouvelle si extraordinaire, elle ne peut que partager sa joie. Elle va avoir un petit-fils ou une petite-fille, ce sera son premier, sa fille unique va devenir mère, ce n'est quand même pas anodin.

— C'est toi, Hortense ? Je suis dé-bor-dée, tu sais.

Hortense se rend compte qu'elle n'a pas du tout préparé son annonce. Avec sa mère, elle sait qu'il ne faut pas tourner autour du pot. Prise dans son élan mêlé d'enthousiasme et d'appréhension, elle sent les mots sortir tout seuls de sa bouche :

— Maman, je suis enceinte !

— C'est bien, ma chérie, formidable. Tu ne connais pas la dernière ? Miranda nous a lâchés. Elle démissionne. Résultat, je n'ai plus qu'une bonne à mi-temps, tu imagines ?

Une brise soudain glacée souffle sur le visage d'Hortense muette, immobile, incrédule.

— Euh… non, pas vraiment.

— Eh bien, c'est le bagne, j'ai dû recruter d'urgence deux jeunes femmes par une agence, il faut tout leur apprendre, je suis é-pui-sée !

— Dis, maman, quand tu étais enceinte, ça s'est passé comment ? Tu étais fatiguée ?

— Très bien, j'étais très en forme. Tu as vu la météo à Monaco ? Il tombe des trombes d'eau. Je n'en peux plus de ce mauvais temps.

— Il fait beau aujourd'hui à Nice, c'est bizarre. Des conseils pour que ça se passe bien ?

— Je ne sais pas, prends un parapluie. Bon, je te laisse, mon prof de Pilates est arrivé.

Bip bip bip bip…

Hortense raccroche, dévastée. Son dernier espoir de rapprochement vient de s'envoler. Depuis que sa mère est partie quand elle avait cinq ans, Hortense n'a jamais réussi à se connecter avec elle. Il faut dire que Sylvie a su mettre les distances en prenant le large avec Jacques, un millionnaire résidant à Monaco. Jamais il n'a été question d'emmener sa fille. Elle aurait fait tache dans le décor parfait de cette nouvelle vie. Une fois par an, Hortense allait passer dix jours de vacances chez elle. Sylvie lui envoyait son chauffeur pour aller la chercher et s'enfermait dans une partie de la maison. Elle n'apparaissait qu'aux heures de repas, laissant Hortense seule la plupart du temps, certes avec une télévision dernier cri, une armoire pleine de films et un frigo américain plein à craquer, mais sans la moindre tendresse, ni la moindre attention à son égard. Adulte, Hortense a très vite cessé ces visites qui lui faisaient plus de mal que de bien. Elle s'est contentée de voir sa mère tous les ans, quand elle daignait se déplacer jusqu'à Nice pour une journée, autour d'un déjeuner où ni l'une ni l'autre ne savait trop quoi dire. Hortense avait beau s'être fait une raison sur leur relation, elle s'était accrochée à l'idée qu'un jour sa mère lui demanderait pardon, qu'un jour elle lui montrerait enfin un peu d'amour, un peu d'intérêt, et elle pensait que la perspective de devenir grand-mère la ferait réagir. Elle y croyait tant et aujourd'hui, son rêve de lien renoué, de famille unie, de mère devenant grand-mère et maman à la fois, s'évapore.

Elle jette des galets dans la mer en pleurant de rage. Jamais elle ne s'est sentie aussi seule, comme si sa mère venait de l'abandonner pour la deuxième fois. Elle va devoir tout apprendre par elle-même. Après tout, c'est peut-être pour le mieux.

CHAPITRE 2

LE LENDEMAIN MATIN, Hortense part un peu plus tôt à la radio pour pouvoir s'arrêter à la librairie et passer voir son père, qui n'est pas encore au courant.

— Bonne journée, ma chérie. Tu ne prends pas ton vélo, hein ? s'inquiète Charles.

— Non non, je vais tout faire à pied, tu as raison, je n'ai pas envie de prendre le moindre risque. À ce soir !

Hortense descend la rue en pensant à ce qu'elle a besoin de savoir pour être une mère acceptable malgré son absence d'exemple. Elle s'étonne du nombre de femmes enceintes qu'elle croise sur sa route et se sent une sororité fantastique avec toutes ces femmes au ventre rond. Oui, les mêmes qu'elle ne voyait pas hier, elle découvre que Nice en est peuplée, qu'elles se nichent partout, à la sortie du supermarché, à l'arrêt de bus, à l'entrée des parcs, elle a tant de sœurs qu'elle n'arrive même pas à les compter. Dès qu'elle en voit une en approche, elle pose la main sur son micro-bourrelet imaginaire et lui sourit en mode « On se comprend ».

Elle longe le Paillon et traverse le centre-ville d'un pas décidé. C'est tout de même moins long à vélo, mais pour que cette grossesse se passe bien, elle est prête à tout. Après une bonne demi-heure de marche, elle se sent un peu fébrile en arrivant à la boutique de son père. Et si sa réaction aussi était décevante ? Est-elle obligée de lui en parler dès maintenant ? Plus le moment approche, plus son assurance s'étiole. Il faut qu'elle se change les idées, qu'elle ait un signe pour savoir si elle lui annonce ou pas sa grande nouvelle aujourd'hui.

Quand elle ne sait pas faire un choix, elle aime ouvrir un livre au hasard et pointer un mot pour se donner une indication, alors elle décide de pousser la porte de la petite librairie sur le chemin de la boutique de son père. Une jolie vitrine pleine d'encens et de statuettes asiatiques, qui lui faisait de l'œil depuis longtemps mais devant laquelle elle n'avait jamais osé s'arrêter de peur de passer pour une illuminée. C'est le lieu idéal pour s'adonner à son étrange habitude.

Personne derrière le comptoir, c'est parfait. Séduite par le côté chaleureux du lieu, Hortense se dirige vers le rayon maternité et s'arrête sur un ouvrage qui l'attire : *Comment communiquer avec son bébé.* Oui, c'est ça qu'il lui faut. Elle qui n'a jamais su communiquer ni avec sa mère, ni avec son père, ni tellement avec le reste du monde, elle va devoir faire de grands progrès en échanges humains. Elle ouvre le livre au hasard les yeux fermés, laisse glisser son doigt sur la page et tombe sur le mot « exprimer ». Au moins, on ne peut pas dire qu'il y ait beaucoup d'ambiguïté.

— Dora Marte est une chamane bretonne qui vit entre Nice et l'arrière-pays, elle donne d'excellents conseils. Vous êtes enceinte ? demande le libraire apparu soudainement entre deux présentoirs.

— Oui, bredouille Hortense.

— C'est un livre très complet, il vous sera utile.

Et si c'était une secte ? Chamane, qu'est-ce que c'est ? C'est bizarre, quand même. Le livre a l'air intéressant, mais peut-elle faire confiance à une personne dont le métier n'existe pas vraiment ? Et ce libraire sans âge aux cheveux hirsutes, en tenue de yoga blanche immaculée, au milieu des boules de cristal et des attrape-rêves à plumes, qu'en penser ? Hortense se dit que, de toute façon, elle ne peut débarquer dans la boutique de son père avec ce genre d'ouvrage sous le bras.

— Je vais réfléchir, merci beaucoup, lâche-t-elle en s'échappant.

Deux vitrines plus loin, elle se retrouve dans l'antre de son père, avec son bric-à-brac d'objets en tout genre.

— Bonjour ma chérie, quel bon vent t'amène ?

— Papa, j'ai une grande nouvelle à t'annoncer : je suis enceinte !

Julien ouvre de grands yeux, il se passe la main dans les cheveux, cherche ses mots.

— Ah bon ? Vraiment ?

— Oui, j'ai fait une première échographie hier, on a entendu son cœur battre, c'était tellement émouvant.

— Incroyable ! Alors ça, ma fille enceinte, je n'en reviens pas !

Hortense se demande ce qu'il y a de si étonnant. Elle a trente-trois ans, en couple depuis quatre ans, mariée depuis plus d'un an : après tout, quoi de plus logique ?

— Tu devrais t'asseoir. Tu sais, tu vas devoir faire attention à toi, maintenant, tu es responsable d'un autre être. Tu sais qu'il ne faut pas manger de poisson cru ? Ni de fromage. Toi qui adores ça, tu vas réussir à t'en priver ?

Son père lui tend une chaise. Hortense recule d'un pas.

— Oui papa, ne t'inquiète pas, j'ai vu ma gynéco, elle m'a tout expliqué. Je ne vais pas rester longtemps, je passais juste t'annoncer ça. Je file, on m'attend à la radio.

Hortense quitte la boutique en marchant d'un pas très vif. Elle ne sait pas trop ce qu'elle espérait de son père, mais elle trouve son étonnement très vexant. Quant à son sermon sur la prudence, non, là, vraiment, venant d'un homme qui la laissait seule tout bébé pour aller au cinéma, elle trouve ça déplacé. Elle jette un coup d'œil à sa montre et s'aperçoit qu'elle est en retard. C'est fou ce que la vie sans vélo va au ralenti. Elle avait oublié à quel point les distances sont longues à pied. Pourtant, la boutique de son père lui semblait tout près de la radio. Elle aimerait avancer plus vite. Peut-elle courir ? Si elle secouait trop le bébé ? Non, elle va marcher, marcher à grandes enjambées. Est-ce que marcher vite est dangereux ? Elle se souvient d'une de ses amies qui à huit mois et demi n'en pouvait plus de sa grossesse et qui marchait vite et longtemps tous les jours pour faire arriver le bébé. Elle ralentit le pas.

Hortense passe son badge pour entrer à la station et salue la fille de l'accueil qui a encore changé. Sa patronne les maltraite tellement qu'elles craquent et résistent rarement plus d'une saison. Elle fonce au studio – elle doit être à l'antenne dans cinq minutes et elle n'a même pas eu le temps de consulter le chemin de fer de l'émission, ni de relire ses deux chroniques. La catastrophe.

— Ça va, Hortense ? demande Gilles, l'ingé son du matin. Tu as une drôle de tête.

Submergée par le stress de son retard, sa déception face à la réaction de son père, la plaie béante de l'abandon de sa mère, Hortense n'arrive pas à répondre et fond en larmes.

— Antenne dans une minute… dit Gilles, l'air ennuyé.

Mario, l'animateur, grimace en lui faisant signe de s'installer.

— Les informations locales avec Hortense Kerdreux, annonce-t-il.

Hortense reprend son souffle et lit ses notes de la veille. Heureusement qu'elle avait bien tout préparé.

— Trois dauphins sont nés à Marineland hier matin, ils sont en pleine forme et seront visibles dans le bassin principal dès le mois prochain. Des travaux sur la voie Pierre-Mathis entre Acropolis et Saint-Philippe à partir de lundi, des torchons sont à prévoir…

Hortense, effrayée de son lapsus, continue de lire les dépêches comme si de rien n'était, en priant pour ne pas faire d'autres erreurs.

Quand, enfin, trois bafouilles plus tard, elle rend l'antenne à Mario pour qu'il clôture la matinée, elle court se réfugier aux toilettes pour échapper aux éventuelles remarques de l'équipe. C'est la première fois qu'elle fait une faute aussi stupide, elle se sent vraiment nulle. Elle se regarde dans la glace et s'aperçoit que son mascara a coulé. Elle ne sait pas depuis combien de temps elle ressemble autant à l'idole de son enfance, Pandi-Panda. En sortant des toilettes, elle se retrouve nez à nez avec Géraldine, sa directrice d'antenne, qui, après l'avoir jaugée de ses petits yeux gris avec un air sévère, lui lance :

— Dans mon bureau, Hortense !

Elle la suit en se demandant comment elle va pouvoir se justifier. Elle sent bien que sa patronne est encore plus remontée que d'habitude, mais pour une fois, elle a vraiment fait une… Enfin, quelques erreurs.

— Hortense, que se passe-t-il ? Tu pleures en arrivant à la dernière seconde, tu oublies de lancer le sujet de Marco en lui rendant l'antenne. Et en plus, tu bafouilles !

— Euh, je...

— Sans compter ce ridicule lapsus, des torchons, franchement, et tu ne dis rien. Tu prends tes auditeurs pour des idiots ? Tu aurais au moins pu t'excuser. Non vraiment, c'est n'importe quoi.

Hortense ne sait pas comment se défendre. Elle n'a plus le choix, il faut qu'elle révèle son joker, sa seule excuse valable.

— Je... euh... je... je suis enceinte.

— Enceinte ? Maintenant ? Alors qu'on vient de trouver l'équilibre après le départ de Julie en congé maternité ? Tu ne peux pas me faire ça, Hortense, non, pas toi. Je croyais que tu tenais à ta carrière, je ne comprends pas. Je suis très déçue ! Tu as intérêt à assurer et à bosser correctement jusqu'au bout. Et n'envisage même pas de te mettre en arrêt avant tes sept mois, hein ?

Hortense promet. Elle aurait promis n'importe quoi juste pour pouvoir rentrer chez elle. En refermant la porte du bureau, elle se souvient qu'elle a trente minutes de marche jusque chez elle, trente minutes avant de pouvoir être enfin tranquille. Elle s'en veut tellement d'avoir dit à sa directrice d'antenne qu'elle était enceinte, c'est une très mauvaise stratégie. Géraldine n'a pas d'enfant, par choix, elle s'est toujours dévouée à son évolution dans la hiérarchie. Ultra-carriériste et étrangement misogyne, elle ne peut pas comprendre qu'on ait envie de suivre un chemin différent. Elle qui est déjà à la limite du harcèlement moral, qu'est-ce que ça va devenir maintenant qu'elle a une raison rêvée de lui gâcher l'existence ? Hortense se maudit. Qu'est-ce qu'elle peut être stupide parfois, elle aurait mieux fait d'assumer, d'oser affronter la colère de Géraldine. Pourquoi a-t-elle si peur de cette femme ? Avoir lancé si tôt son seul joker la met en position de faiblesse.

En traversant le pont, Hortense reçoit un SMS de Charles. C'est une photo de l'écran d'échographie avec leur bébé, enfin leur petit pois, dessus. Il a eu la présence d'esprit de garder un souvenir de ce moment et elle se sent pleine de gratitude d'avoir un mari qui pense à tout. Elle sourit de plaisir en se replongeant dans ce doux moment de la découverte de leur accomplissement. Puis elle se dit que l'avantage d'avoir balancé l'information à sa patronne, c'est qu'elle peut poster cette image merveilleuse sur les réseaux sociaux ! Mais oui, enfin on va se réjouir pour elle, la féliciter. Jusque-là, elle n'a reçu qu'indifférence, étonnement et contrariété. En ligne, elle est certaine de recevoir la vague d'amour dont elle a besoin.

En trois clics, l'image est visible de tous. Hortense range son téléphone dans sa poche et presse le pas. Elle a trop hâte de s'allonger sur son canapé et de savourer les gentils commentaires de ses 154 followers.

CHAPITRE 3

HORTENSE MONTE LES QUATRE ÉTAGES qui mènent au petit nid douillet qu'elle partage avec Charles en se demandant comment elle fera à la fin de sa grossesse pour réussir à gravir cet escalier qui lui semble déjà un petit Everest. Ils avaient discuté d'un déménagement, mais à quoi bon prévoir ce genre de chose tant qu'elle n'était pas encore enceinte ? Il va falloir qu'ils commencent à chercher sérieusement leur nouvelle maison. Oh oui, une maison pleine de cris de joie, un jardin, un vélo, un lapin, elle s'y voit déjà. Elle fait bouillir de l'eau, prend son mug préféré, y plonge un sachet d'infusion à la cannelle et se pose sur son canapé. Au moment où elle prend son téléphone pour lire les messages sur son post, la sonnerie de la porte d'entrée résonne dans tout l'appartement. C'est son amie Ingrid.

— C'est quoi, cette histoire ? J'apprends sur Instagram que tu es enceinte ? Heureusement, je n'étais pas encore partie, alors je suis passée en coup de vent. Explique-moi pourquoi je suis la dernière au courant ! demande-t-elle, sa peau blanche toute rougie de colère et de précipitation, grand contraste avec ses cheveux noirs parfaitement lisses.

— Désolée Ingrid, j'ai gaffé à la radio : j'ai annoncé à Géraldine que j'étais enceinte. Elle a mal réagi, alors j'ai eu envie de soutien. Je le sais de manière certaine seulement depuis hier, j'allais t'appeler.

— Hortense, c'est merveilleux ! Tu es enceinte de combien ?

— Huit semaines !

— Félicitations, ma chérie ! Je suis trop heureuse pour toi, viens là.

Ingrid prend dans ses bras Hortense qui se met à pleurer.

— J'aurais tellement aimé que ma mère me dise ça.

— J'imagine qu'elle n'a pas montré un grand enthousiasme ? Ça ne m'étonne pas beaucoup de sa part. Laisse tomber, c'est toi la maman, maintenant. D'ailleurs, vous allez déménager de votre petit nid d'ados amoureux ? Parce qu'un studio mezzanine au quatrième sans ascenseur avec un bébé, ou même enceinte, ça va être tendu, non ?

— Oui, non, dans un premier temps, ça ira. Je monterai doucement, on dormira sur le canapé.

— Tu as fait une liste de naissance ? Mis de côté un peu de sous pour les gros achats : la poussette, le lit… ?

Hortense, abasourdie, voit apparaître une masse d'obligations bien plus vite qu'elle ne l'imaginait.

— Euh… non, tu crois qu'il faut déjà faire ça ? Je ne sais pas, tu vois, c'est tout nouveau pour moi. Tu veux un thé ? lance-t-elle, histoire de changer de sujet.

— Non, je passais vraiment deux minutes, il faut que j'aille travailler. J'ai une nouvelle cliente qui m'a commandé un mariage avec une cérémonie chamanique, tu imagines ? Il faut que je trouve une chamane. À Nice, c'est pas gagné.

— Oh, tu sais, ce matin j'ai vu le livre d'une chamane du coin, dans la petite librairie ésotérique à côté de la boutique de papa.

— Ah, tu as enfin osé pousser la porte de cette boutique ! Fais voir le livre.

— Je ne l'ai pas acheté, ça m'a un peu fait peur. Le chamanisme, je ne connais pas, c'est pas sectaire ?

— Pas du tout, au contraire, c'est une forme de spiritualité sans gourou, sans hiérarchie, très libre, tu vois. C'est perché, mais ça pourrait bien te plaire, le lien à la nature, aux esprits, les rituels…

— Le libraire m'a dit que l'auteure vivait à Nice. Dora quelque chose… Dora Marte, je crois.

— Super, je vais essayer de la trouver, alors. Bon, je file, on s'appelle. Félicitations, poulette. T'inquiète, tu seras une super maman, avec ou sans poussette !

À peine Ingrid a-t-elle passé le pas de la porte qu'Hortense se jette à corps perdu sur Internet. Elle s'inscrit à tous les groupes de « maman » de la région, repère les blogs de conseils, regarde une centaine de vidéos de comparatifs de biberons et surfe sur les sites de puériculture pour faire des listes de naissance virtuelles. Elle repère une jolie table à langer et deux poussettes, pour le prix d'un demi-mois de loyer. Elle hésite entre un modèle qui se plie assez pour devenir un bagage cabine et un autre dont les amortisseurs transforment les chemins de terre en route parfaitement goudronnée.

Quand Charles entre enfin, elle se jette sur lui, l'embrasse puis commence à lui parler de toutes ses découvertes :

— Tu sais qu'il va falloir qu'on s'équipe. J'ai vu une poussette transformable, des biberons super légers et incassables, une table à langer qui se replie. J'ai repéré les meilleures affaires et même trouvé des sites d'occasion. J'ai aussi…

Charles n'a pas le courage d'écouter son analyse surprise du marché de la puériculture, ni de se projeter sur-le-champ dans le déménagement. Ils en ont déjà parlé, il ne voit pas l'urgence. Pour le moment, il est fatigué, il a faim, il a envie de se mettre en mode détente.

— On a le temps de penser à tout ça. Qu'est-ce qu'on mange ce soir, chérie ?

Hortense a passé l'après-midi à trouver des solutions pour leur avenir et c'est comme ça qu'il la remercie ? Il ne daigne même pas regarder ce qu'elle a mis tant d'heures à constituer : est-ce signe qu'il ne va pas s'impliquer ? Qu'il va lui laisser gérer la totalité des galères ? Et puis, il la prend pour sa cuisinière ou quoi ?

— Je sais pas, moi je te parle de notre futur !

— OK, je comprends, mais là, j'ai vraiment faim. T'inquiète, je vais faire des pâtes avec ta sauce préférée, et puis on pourrait regarder un film romantique, si tu veux.

Hortense se détend. Après tout, Charles a besoin de se reposer. Et puis, il a sans doute raison, ils ont encore plusieurs mois pour penser à tout ça.

Après une douce soirée avec son homme, la nuit d'Hortense est agitée. Elle liste mentalement les prénoms qu'elle aime – Isaure, Sacha, Louis, Ael, Arthur, Nina, Gabriel –, les choses qu'elle n'a pas le droit de manger – les sushis, le saint-marcellin, la salade verte – et les gens à qui elle pourrait encore l'annoncer – le marchand de journaux, son voisin du dessus, sa cousine éloignée. Elle se sent comme une petite fille à l'approche de Noël, sauf que sa fête, c'est dans six mois, trois semaines et quatre jours. Fête, mais oui, c'est ça, il faut faire une « babyshower » ! La liste des invités a raison de son excitation et Hortense finit par sombrer en comptant les belles-mères.

CHAPITRE 4

Quand Charles s'extirpe du lit avec difficulté, Hortense se retourne sur son oreiller. Il est encore trop tôt pour elle. Elle entend le bruit de la machine à café, de la douche, puis la porte qui claque. Elle se rendort. Une bonne heure plus tard, elle s'étire, se hisse jusqu'à la petite échelle qu'elle descend doucement. Elle jette sa nuisette dans le panier à linge et se glisse sous la douche.

Du sang, juste quelques gouttes, trois fois rien. Le début de ses règles, se dit Hortense avant de se souvenir du petit pois.

— Dis-moi que tu vas bien, petit cœur qui bat !

Elle se jette sur sa serviette, s'enroule dedans. Du sang continue de couler, la panique la gagne. Elle tape « Enceinte deux mois sang » dans Google et dévore les forums pleins de témoignages rassurants, de fausses alertes, de sang réflexe, de grossesses heureuses. Si seulement elle avait pris le livre de la chamane, elle aurait peut-être pu communiquer avec son bébé, savoir s'il allait bien. Elle repense à sa longue marche de la veille et se demande si ce n'est pas ça qui lui a fait du mal. Quelle nulle ! Et si elle en avait trop fait ? Ou alors c'est peut-être le stress au travail ? Elle repense à l'air dubitatif de la gynécologue. À sa réflexion sur la taille de la poche. Non, c'est impossible. Elle compose le numéro de Charles, il est sur répondeur. Normal, il doit être en plein cours de voile à cette heure-là. Elle appelle Ingrid.

— Ingrid, je saigne, tu crois que c'est grave ? Charles n'est pas là, je ne sais pas quoi faire.

— Hortense, il faut que tu ailles aux urgences tout de suite. Prends un taxi, fonce. Je t'aurais accompagnée, mais je ne suis pas à Nice ce matin, je visite un hôtel à Èze pour le mariage chamanique, tu sais. Appelle-moi après, OK ?

Hortense fond en larmes en se demandant ce que les urgences vont bien pouvoir faire pour son bébé. Elle se reprend, enfile une robe et appelle un taxi. Le temps qu'il arrive, le sang s'est arrêté de couler. Elle a peut-être paniqué pour rien.

Le chauffeur la laisse devant l'entrée des urgences. Elle court vers sa rencontre par écran interposé avec ce qu'elle a de plus précieux au monde, enfin elle l'espère, aspirant au meilleur, pressentant le pire.

— C'est pour quoi ? demande la dame en blouse blanche à l'accueil.

— Je suis enceinte de huit semaines et je perds du sang.

— Remplissez ce formulaire et installez-vous ici, le médecin vous appellera.

Plusieurs minutes qui lui semblent des heures s'écoulent avant que Charles, prévenu par Ingrid, la rejoigne. À peine s'est-il assis à côté d'elle qu'on l'appelle.

— Hortense Kerdreux ?

Ils suivent le docteur, inquiets. Elle ne sait pas si le cœur de son petit pois bat toujours mais le sien s'est arrêté, c'est sûr. D'après sa mine plus blanche que blanche, celui de Charles aussi a cessé de frapper à l'intérieur de son torse recouvert de nylon vert émeraude : il l'a rejointe en trombe, sans passer par la case douche/tee-shirt/jean. Il lui tient la main si fort qu'elle va être réduite en miettes, mais ça n'a pas d'importance.

— Depuis quand perdez-vous du sang ?

— Ce matin.

— Vous avez le rapport de la dernière échographie ?

Quand Hortense lui tend le document, la gynécologue le parcourt rapidement et lui fait signe de s'installer sur le lit d'examen. Elle passe la sonde sur son ventre. Sur l'écran, la tache blanche est toujours là. Hortense ne sait pas si elle peut se réjouir. L'air concerné de la gynécologue semble indiquer que non.

— Je n'entends rien. Son cœur battait hier ?

Elle a employé le passé. Les yeux d'Hortense s'embuent tandis que son cerveau tente de digérer l'information. Elle parvient à acquiescer du bout des lèvres.

— C'est terminé.

Son espoir tente de lui faire croire une seconde que la gynécologue parle de l'échographie, mais son cœur sait. La violence du choc la plaque contre le matelas rigide de la table d'examen. Jamais elle ne pourra se relever.

Son bébé est mort. Elle n'a pas le droit d'être triste, ni de prononcer cette phrase, ce n'était qu'un embryon, même pas un fœtus, rien du tout. Un cœur qui bat depuis si peu de temps, pour la gynécologue, ça ne compte pas. À partir de combien estime-t-on la vie ? Question qu'elle n'ose pas poser à cette femme en blouse blanche qui a l'air d'avoir d'autres chattes à fouetter. Même l'unité de mesure lui échappe. Est-ce une question de centimètres ? De nombre de battements ? De jours ? À partir de combien, de quoi est-ce qu'on a le droit de s'effondrer ? Au stade où elle en était, un peu moins de huit semaines et six millimètres, elle a bien compris qu'elle doit faire bonne figure, ravaler ses larmes et penser à celles pour qui c'est bien pire. Ce n'est qu'une fausse couche classique de début de grossesse, pas de quoi en faire un roman. Qui est-elle pour se lamenter quand des femmes accouchent d'un bébé mort-né ? Et les victimes de la mort subite du nourrisson, comment pourrait-elle leur faire l'affront de se sentir en deuil ?

— Est-ce que c'est ma faute ? demande Hortense.

— Pas du tout, explique la gynécologue, c'est très classique. Plus ou moins vingt-cinq pour cent des grossesses sont des fausses couches. Le plus souvent, c'est que l'embryon n'était pas viable, c'est le corps qui rejette l'œuf car il a une malformation, un problème. Vous auriez voulu un bébé difforme ?

Hortense n'est pas capable de répondre à cette question. Elle pense aux choix de Pierre Palmade. « Tu préfères, à vie, avoir des dents en bois ou une jambe en mousse ? » Tu préfères un embryon mort ou un bébé malade ? Son propre corps a semble-t-il déjà choisi, sans lui demander son opinion. Plus personne ne lui demande son avis, sa chair n'est plus la sienne, elle appartenait à une forme de vie qui a renoncé.

— Quand même, une grossesse sur quatre, pourquoi est-ce que personne ne m'en a parlé ? Personne ne m'a prévenue de ce risque.

— Vous pouvez avaler des cachets ou attendre que la nature fasse son travail. Je vous conseille vivement les cachets pour ne pas perdre trop de temps.

La gynécologue a décidé que cet accident de parcours devait dégager fissa. Fin du bail, rendez les tubes, vous êtes l'embryon faible, au revoir. Quant aux questions d'Hortense, elle pourra aussi bien demander à son ami Google.

Hortense gobe les pilules blanches mais pas le discours. Ce n'est pas son organisme qui a rejeté cet enfant, c'est ce pois au cœur qui battait encore hier qui a cessé de l'accompagner. Il n'a pas voulu d'elle comme génitrice. Il a dû sentir qu'elle était trop abîmée, trop étriquée. Allez savoir ce qui l'a fait fuir, ce ne sont pas les raisons qui manquent, mauvaise mère de mère en fille depuis des générations, ça en ferait abandonner plus d'un. Son cœur battait et il s'est arrêté. Il est parti. En miettes – enfin, en caillots de sang sous la douche. Et le cœur d'Hortense en pièces détachées, qui va le réparer ? Le rafistoler ? C'est idiot, mais elle s'était attachée. Elle croyait en leur histoire comme à un amour d'adolescente, quand on pense que c'est pour la vie alors que ça n'a commencé que depuis dix minutes. Un baiser échangé furtivement, puis la claque de la rupture qui fait sourire les grands. Même si Hortense n'était au courant de son existence que depuis quarante-huit heures, elle s'était habituée. Elle pensait que comme tous les enfants, il serait neuf mois en elle, puis une grande partie de la vie à ses côtés. Qu'elle ne serait plus jamais seule. Elle avait enfin trouvé un sens à son existence. Elle se voyait déjà l'exhibant à travers son ventre lors de sa babyshower, comme dans les séries américaines qu'elle regarde trop. On les aurait couverts de fleurs, de cadeaux et de compliments dans une déferlante d'hypocrisie délicieuse et de sucreries roses et nacrées. Au lieu de ça, la douche froide, le sang noir, l'absence glacée. Elle avait élaboré mille plans, où est-ce qu'elle allait se fournir en fraises, en chocolat, en jus de raisin, comment elle posterait sur les réseaux sociaux son profil en noir et blanc, raflant les likes et les commentaires attendris. Son ventre restera au stade du couscous mal digéré, personne ne s'en émerveillera, elle ne recevra ni bavoir lapin ni coussin nuage, ni aucune autre forme de récompense. Son bébé trophée ne naîtra pas en janvier, nous sommes en mai. Il ne fait même pas la taille d'une médaille, à peine celle d'un pépin de raisin, et il n'existe déjà plus. Les conventions de Genève et autres règles de bienséance interdisent à Hortense le deuil, elle n'est plus une jeune maman en devenir, elle est une trentenaire de la tranche supérieure qui n'a pas encore procréé, les ovocytes en chute libre. Ce n'est que partie remise, prétendent les professionnels, les mêmes qui disaient encore hier que cet embryon se portait à merveille.

— Installez-vous sur ce lit, reposez-vous. Les cachets feront effet bientôt. L'interne passera vous voir. Si ça ne fonctionne pas, nous programmerons une aspiration la semaine prochaine, explique la gynécologue.

Hortense ne sait pas quelle perspective l'effraie le plus : garder un bébé mort dans son ventre ou qu'il puisse être « aspiré ». Elle s'assoupit sur le lit, rassurée par la présence de Charles à ses côtés.

La gynécologue approche avec un masque de clown, un énorme aspirateur rouge à la main. Son rire sadique résonne plus fort encore que son engin infernal. Hortense hurle et se réveille en sueur dans une mare de sang. Elle n'est plus bien sûre de distinguer le cauchemar de la réalité. Elle voudrait se pincer mais elle a trop peur de s'éveiller face à pire encore.

L'interne de service la félicite pour son élimination rapide. Hortense se sent comme une élève qui a triché pour un examen, elle ne mérite pas ces louanges, elles appartiennent aux pilules blanches ou bien à son pois fantôme qui, dans sa magnanimité, a décidé de lui épargner la violence médicale.

— Il faut lâcher, ne pas le vivre comme la mort d'un enfant, insiste l'interne. Ce n'est qu'un début de grossesse avorté.

N'ayant pas la force de lui répondre, Hortense détourne les yeux et croise ceux de Charles, debout dans l'embrasure de la porte. S'il y a une consolation à trouver dans cette matinée au-delà de l'acceptable, c'est sa dignité et celle de son homme. Lui suant, elle assise sur la marée rouge de son désespoir. Elle voudrait disparaître sous les couches de feuilles absorbantes. Au lieu de ça, se lever, faire un pas de côté et, tête baissée, entrer sous la douche.

— Je vous laisse, prenez votre temps, tente l'interne, comme pour recoller les morceaux de leur décence.

Tendre la main vers Charles, s'effondrer, liquéfiée dans ses bras trempés d'effort et d'angoisse. Il ne dit rien parce qu'il n'a pas de mots. Ils n'ont pas le vocabulaire de ce nouvel univers qui s'ouvre à eux. Trop épuisés pour apprendre un nouveau langage, leur accord tacite s'arrête sur une omerta complète. Son regard embué en dit long sur le choc qu'il encaisse. Impossible de savoir ce qu'il ressent vraiment. Cet embryon d'avenir noyé dans quelques litres de renoncement pourpre. Accoucher de la mort, s'asseoir sur leur rêve. Le regard de Charles s'assombrit, Hortense le sent accusateur. Elle a tué son bébé, leur créature, leur futur, pire, leur espoir, leur vision d'une famille épanouie.

Hortense se demande pourquoi. Pourquoi elle n'a pas su donner la vie, pourquoi elle a perdu ce bébé. Elle rejoint les rangs des femmes qui pleurent. Elle a quitté le clan de celles qui ne veulent pas d'enfants et assument. Elle n'a pas été admise dans le club des heureuses élues qui attendent leur jeune premier. Elle n'a même pas encore le droit d'entrer dans le cercle de celles qui ont de vraies difficultés : « Il faudra attendre la troisième fausse couche pour considérer qu'il puisse y avoir un problème et prendre les mesures nécessaires », annonce la gynécologue.

Hortense ne s'imagine pas survivre jusque-là. Usée par un désespoir inadmissible, hantée par une tristesse à la fois trop lourde pour être balayée d'un revers de main et trop légère pour être considérée avec sérieux. Comment relier les points pour avancer ? Elle est comme une petite fille qui ne connaît pas les chiffres, incapable de trouver l'image qui se cache derrière les indices.

CHAPITRE 5

CHARLES PREND HORTENSE PAR LA MAIN, ils rentrent en silence. Il conduit doucement, comme pour ne pas heurter sa bien-aimée déjà si fragilisée. Arrivés chez eux, il prépare une salade.

— Hortense, je grignote avec toi et je file. Paul a accepté de me remplacer ce matin, mais je ne veux pas abuser, tu comprends ? Ça va aller ?

— Oui, oui, ça va, il faut bien que tu bosses, on ne peut pas tout arrêter. Je vais appeler ma mère et travailler sur mes chroniques de demain.

Appeler sa mère, voilà bien quelque chose qu'Hortense n'a pas vraiment envie de faire. La dernière fois, c'était tellement dur. Et puis elle va de déception en déception avec elle. Saura-t-elle trouver les mots ? Un peu de réconfort lui ferait tellement de bien. Si ça se trouve, sa mère sera touchée par son drame. Peut-être que ça lui est arrivé à elle aussi, après tout, le docteur Giron l'a dit, une grossesse sur quatre, c'est énorme. Et si ça lui est arrivé, elle aura peut-être des conseils. Hortense aimerait tant que sa mère prenne le temps de la guider, lui parler, pas juste de ses problèmes de personnel, le chauffeur, les bonnes, ou de la météo. Et si ce drame qu'elle traverse était l'occasion pour sa mère de jouer enfin son rôle de protectrice, de lui donner un peu de tendresse, d'amour ?

Elle arrive miraculeusement à la joindre tout de suite sur son portable.

— Maman, j'ai perdu le bébé.

— Ah, ce sont des choses qui arrivent. Il faut vite te changer les idées.

— C'est horrible, j'ai entendu son cœur battre hier et là, plus rien. Je suis épuisée, dévastée.

— Hortense, arrête d'en faire toute une histoire, ce n'était qu'une micro-crevette, des règles un peu évoluées, c'est tout. Prends des vitamines, va au cinéma et demain ça ira mieux.

— Tu as fait des fausses couches, toi ?

— Non, jamais.

— Tu es sûre ? C'est pas héréditaire d'avoir des problèmes d'infertilité ? Et si ce n'est pas ça, alors quoi ?

— Hortense, écoute, j'en sais rien. Tu as dû faire encore n'importe quoi, comme toujours. Prendre ton vélo ? Mener ta vie de bohème ? Assume tes responsabilités au lieu de chercher la faute chez les autres.

— …

— Et si on parlait de choses plus positives ? Tu sais, j'ai enfin retrouvé une femme de ménage digne de ce nom ! Elle s'appelle Yolande, elle est for-mi-dable !

— Bon, maman, je te laisse, je suis en retard.

Hortense raccroche encore plus dépitée. Elle s'en veut d'avoir cru que sa mère allait pouvoir l'aider, lui tendre la main, ou éprouver ne serait-ce qu'une quelconque forme d'empathie. Depuis le temps, elle devrait savoir que ça n'arrivera jamais. Pourtant, une force étrange la pousse à quand même espérer, quand même faire l'effort, préserver le peu de lien qui existe entre elles. Heureusement que Charles est là pour la soutenir, lui.

CHAPITRE 6

Arrivé à l'école de voile, Charles est en avance. Ravi d'avoir enfin un peu de temps pour lui, il se prépare un thermos de café et s'installe sur la petite table en plastique devant le port, dont ils ont fait leur QG. Paul est en train de revenir du cours du matin.

— Merci, Paul, de m'avoir remplacé.

— C'est normal. Comment ça s'est passé ?

— Pas trop mal.

Paul prend une tasse, s'installe face à Charles, et se sert un café.

— Tu sais, Charles, tu peux me parler, Chloé est passée par là, elle a même fait deux fausses couches entre Bérénice et Péléandre.

— Deux ? Mais quel enfer. Ça a dû être tellement dur… Comment est-ce que tu as géré ? Et Chloé, elle s'en est sortie comment ?

Charles tapote nerveusement sur la table.

— On a passé des moments difficiles. On a même cru à un moment qu'on n'aurait pas d'autre enfant, que Bérénice serait fille unique. On a beaucoup parlé, pleuré. Avec le recul, cette période nous a rapprochés, soudés.

— Quelle chance vous avez d'avoir su transformer cette épreuve comme ça. Je ne suis pas sûr d'avoir ta force. Hortense a réagi de façon tellement intense ce matin, ça m'a carrément fait flipper. Après tout, c'est juste un embryon, pas de quoi en faire un flan.

— Sois tolérant avec Hortense, elle doit être dévastée. Tu imagines, elle pensait avoir un enfant en train de grandir dans son ventre et, du jour au lendemain, elle se retrouve avec un cadavre à évacuer.

— Tu as raison, mais de là à s'effondrer à ce point… En plus, comme elle n'a pas le soutien de sa famille, j'ai peur de devoir porter tout le poids de sa tristesse. Et puis, si ça ne marche pas ? Si on n'arrive pas à avoir un enfant ? La gynécologue ne voulait pas nous dire si on n'est pas compatibles ou s'il y a un souci.

— Une fausse couche, ça reste complètement dans la norme. Deux, c'est plus compliqué, mais tu vois, avec Chloé, on a fini par y arriver. Si vraiment ça ne fonctionne pas, il sera toujours temps de vous pencher sur une assistance médicale, il existe des solutions.

— Vous, c'est différent, vous aviez déjà un enfant, vous saviez que c'était possible.

— Hortense a envisagé de voir quelqu'un ?

— Comment ça ? Un spécialiste ? J'aimerais bien, on voit déjà sa gynécologue demain.

— Non, un psy, quelqu'un qui puisse l'aider à faire le deuil, l'accompagner. Chloé avait vu un psychiatre, j'avais trouvé ça un peu extrême, mais ça l'avait vraiment soulagée. Je peux te donner son téléphone, si tu veux.

— Merci, Paul, je vais essayer d'en toucher un mot à Hortense.

L'élève du premier cours de l'après-midi arrive en bikini rose sous un short blanc transparent.

— Bonjour, je suis Angela, dit-elle avec un accent italien à couper au couteau. J'ai un cours avec Charles.

Perturbé, Charles se lève en faisant tomber le fond de son café, le ramasse maladroitement et accueille son élève.

— Euh… Bonjour, Angela. C'est moi, j'arrive tout de suite.

Paul s'éclipse en rigolant.

— Bonne journée, Charles !

Après une longue journée, six cours d'affilée, Charles arrive enfin chez lui, épuisé, et se pétrifie en ouvrant la porte. Il y a tous leurs amis dans le salon. Hortense, sur le canapé, se lève :

— Mon amour, enfin te voilà !

— Qu'est-ce qui se passe ?

— J'ai organisé un petit apéro pour avoir un peu de soutien.

Hortense met une bière dans la main de Charles et reprend sa conversation avec Ingrid.

Charles, trop surpris pour réagir, s'assied. Tout le monde parle de la fausse couche comme si c'était l'événement de l'année. Les avis fusent. Tous ont une opinion sur leur raté. Chacun y va de sa théorie. Ceux qui s'improvisent devins : « Le prochain sera le bon. » Les spécialistes autodidactes : « C'est un phénomène naturel tout à fait normal. » Les statisticiens : « Tu sais, c'est une grossesse sur quatre, alors… » Ceux qui minimisent avec tact : « Oh, ce n'est rien, j'en ai fait trois avant d'avoir Bouboule. » Charles a du mal à cacher son énervement. Dire qu'il aurait pu éviter cette soirée ridicule s'il avait accepté l'invitation d'Angela à boire un verre, mais il s'est dit que ce n'était pas une bonne idée de laisser sa femme seule. Et puis c'était aussi sûrement un peu dangereux. Mais s'il avait su…

Quand enfin le dernier invité est parti, Charles range frénétiquement les verres à moitié vides, secoue les cendriers dans la poubelle et, n'y tenant plus, lance à Hortense :

— Pourquoi as-tu eu besoin d'inviter tous ces gens ?

— Pour leur annoncer la mauvaise nouvelle, et aussi avoir du soutien.

— Pourquoi avoir dit que tu étais enceinte à tout ce monde ?

— Quand c'était notre bonheur, ça ne te dérangeait pas.

— Si les gens n'en parlent jamais avant trois mois, c'est qu'il y a une raison.

— Si je n'avais rien dit, personne ne me consolerait aujourd'hui.

— Et personne ne m'humilierait. S'il te plaît, la prochaine fois, surtout, ne dis rien à personne, OK ? Tu me promets ?

— Et je serai encore plus seule si ça recommence ?

— Moi, je suis là. C'est une histoire entre nous. Je n'ai pas envie que d'autres personnes s'en mêlent et commentent, tu vois ? Ça me blesse que tout le monde sache, c'est comme si on n'y était pas arrivés...

— J'aimerais te comprendre, mais je n'ai pas l'impression que tu me rendes la pareille, là ! Je te dis que j'avais besoin d'aide...

Charles pensait que s'il prenait la peine de s'expliquer, Hortense verrait qu'elle s'était trompée. Fatigué et découragé, il monte se coucher en faisant l'effort de lui lancer un « Bonne nuit » le moins froid possible.

Le lendemain, quand Charles se réveille, Hortense dort encore. Heureusement qu'elle ne travaille pas ; sa gynécologue lui a donné un arrêt de cinq jours pour lui laisser le temps de remonter la pente, a-t-elle dit. Charles se lève discrètement et file travailler.

Quand il rentre en début de soirée, Hortense semble ne pas avoir bougé du lit de toute la journée. Rien n'a été déplacé, le lave-vaisselle est plein de la vaisselle propre de la veille, pas de tasse de thé dans l'évier, pas de plaid en boule, les volets sont fermés, aucun signe de vie.

— Hortense ? Ça va ? Tu veux descendre dîner ?

— Non, j'ai pas faim.

Charles se réchauffe un plat tout prêt et se met devant sa série préférée, une comédie américaine qui lui permet de se vider la tête. Quand il monte se coucher, sa femme dort déjà. C'est un peu ce qu'il espérait. La montagne de mouchoirs du côté d'Hortense lui confirme sa crainte d'avoir à affronter encore sa tristesse. Pourvu qu'elle aille mieux demain.

Ils vivent comme ça trois jours. Le matin elle dort, le soir elle ne bouge pas du lit, malgré les propositions alléchantes de Charles : son plat préféré, la location d'un film qu'elle adore. Elle semble avoir renoncé à s'en sortir, même à se nourrir. Décidément, il ne comprend pas et se sent complètement impuissant.

Le quatrième matin, Charles ouvre grand les volets :

— Hortense, je ne vais pas pouvoir continuer comme ça. Je te propose une chose : je vais aller passer le week-end chez Laurent à Théoule-sur-Mer. Il veut qu'on teste son nouveau bateau. Quand je reviens, on passe à autre chose, OK ?

Silence.

— Qui ne dit mot consent, s'exclame Charles en refermant la porte derrière lui.

Charles marche rapidement dans la rue. Il ne peut plus rester enfermé dans ce micro-appartement étouffant, avec sa femme prostrée et en larmes en permanence, c'est au-dessus de ses forces. Plus il met de pas entre lui et cet appartement maudit, plus il arrive à reprendre son souffle, respirer. Hortense va si mal, il ne peut pas disparaître comme ça, mais il ne peut pas non plus rester, il n'en a pas la capacité. Il sera rentré lundi, elle comprendra, ou pas, tant pis. L'improductivité de la situation l'insupporte. Il commence à se demander sérieusement si leur couple va survivre à cette épreuve. Pourra-t-elle ne pas lui tenir trop rigueur de cette désertion au moment où elle aurait tant eu besoin de lui ?

CHAPITRE 7

Hortense se réveille et se souvient du départ impromptu de son mari. Sa rage pourrait lui donner la force de se lever, mais elle n'a aucune énergie. Elle décide de rester encore au lit une journée de plus, elle en a besoin.

Le lendemain matin, un appel de son père la réveille. Hortense se rend compte qu'il n'est pas au courant de la situation. Après quatre jours de désespoir, elle se sent enfin capable de ressortir de chez elle et lui propose de venir le voir pour un café, en précisant qu'elle a quelque chose d'important à lui dire. Il faut qu'il sache. Et puis, ça lui évitera de rester seule encore une journée entière.

— Installe-toi, ma chérie. Je te présente Jacques, il vient d'ouvrir une cave à bière dans la rue. Jacques, ma fille Hortense, journaliste à la radio locale.

Hortense, qui pensait pouvoir passer un moment tranquille avec son père et se confier à lui, est très désagréablement surprise par la présence de ce Jacques. Il a dû sentir son regard noir car il se lève.

— Je vais vous laisser tous les deux, j'ai pas mal de rangement avant l'ouverture.

— Au revoir, Jacques, dit Hortense, réalisant trop tard son impolitesse.

— Ça va, ma chérie ? Quoi de neuf ?

Hortense fond en larmes. Julien, qui n'est pas très à l'aise avec les émotions, commande un café, un thé et deux jus d'orange.

— J'ai perdu le bébé, arrive à articuler Hortense.

— Oh, ma chérie, je suis navré. Qu'est-ce qui s'est passé ?

Hortense lui raconte son atroce journée aux urgences, l'absence d'explication du médecin.

— Ils t'ont dit s'il y a un souci particulier ? On sait pourquoi c'est arrivé ?

— Non, rien, aucune explication. Enfin si, ce serait une grossesse sur quatre. Un truc assez banal, en fait, un embryon pas viable. Ce que je ne comprends pas, c'est pourquoi personne ne m'en a jamais parlé. Ni l'infirmière à la prise de sang, ni mon gynécologue, ni aucune de mes copines, même pas celles à qui c'est arrivé et qui depuis m'ont raconté leur expérience. Mais pourquoi personne n'a rien dit avant ?

— C'est un sujet tabou, sûrement. Et puis c'est compliqué de dire à une femme tout juste enceinte que son bébé a une chance sur quatre d'exister, non ?

— Peut-être, mais quand même, si j'avais été prévenue, je me serais protégée, je me serais moins attachée.

— Mmmm… Tu es sûre ? Et Charles, il vit ça comment ?

— Charles, il est parti hier matin. Il rentre lundi. Ça fait trois jours que je n'arrive pas à sortir de mon lit, que je passe mes journées à pleurer. Il a tenté de me remonter le moral avec des petites attentions, mais moi, je m'en fiche. Ce que je veux, c'est qu'il pleure avec moi. Maintenant il m'en veut, je crois. Il est vraiment bizarre, je ne comprends pas du tout ses réactions.

— Quel abruti. Excuse-moi, ma chérie, mais là, tu avoueras qu'il déconne sévèrement ! On ne laisse pas tomber sa femme à la moindre embûche. Il t'en veut, mais de quoi ?

— Il n'a pas dit qu'il m'en voulait, c'est juste une impression, et c'est vrai qu'il a fait des efforts et que je n'ai pas su réagir. Il est parti à Théoule naviguer sur le nouveau bateau de Laurent. Il fait ça quand il a besoin de prendre du recul, rien de grave.

— Si, si, c'est très grave. Déjà qu'avec son école de voile, il assure moyen financièrement, alors si en plus il n'est pas là quand tu as besoin d'une épaule pour pleurer, qu'est-ce qui reste ?

— Il reste l'homme de ma vie. Tu sais, je n'ai pas été facile à vivre non plus ces derniers jours, j'ai pleuré toute la journée, au lit, dans le noir, j'ai refusé chacune de ses propositions.

Julien, de plus en plus mal à l'aise, essaie de changer de sujet.

— Tu reprends quand à la radio ? Tu vas réussir à assurer l'antenne ?

— Demain. Je ne sais pas, il faut, je crois. Je ne peux pas passer mes journées à ressasser, ça va m'obliger à sortir et faire semblant d'aller bien.

— Belle volonté, mais si ça ne va pas, tu demanderas un prolongement, OK ? Promis ?

— Promis, papa.

En remontant la rue d'un pas vif, elle rumine cette discussion avec son père qui ne l'a pas avancée à grand-chose. Si, elle se dit que finalement, elle n'en veut pas tant que ça à Charles. Même s'il n'a pas été le soutien moral qu'elle espérait, il a essayé de l'aider à sa façon. En rejoignant la Promenade des Anglais, elle croit reconnaître la silhouette de Charles. Oui, c'est bien lui.

— Charles ! Charles !

— Hortense ! lance-t-il en la prenant dans ses bras. Pardon, j'avais vraiment besoin de prendre du recul. Je suis désolé, j'ai été nul et je suis rentré plus tôt que prévu pour m'occuper de toi. Je ne me rends pas compte de ce que tu traverses et ça me fait peur. Je crois que j'ai voulu m'enfuir, faire comme si ça n'existait pas. Mais hier, on s'est pris une tempête au large et j'ai eu un moment de panique où j'ai pensé que j'allais disparaître en te laissant pour toujours sur cette incompréhension, c'était horrible.

— Non, je comprends. Je vois bien que c'est dur pour toi, mais tu ne le vis pas de la même manière et c'est logique, ce n'est pas dans ton corps.

À ce moment-là, ils passent devant la petite librairie ésotérique.

— Attends-moi une seconde, j'ai une idée.

Hortense ressort quelques minutes plus tard, *Comment communiquer avec son bébé* sous le bras et un numéro de téléphone griffonné sur un bout de papier à la main.

— Tu achètes un livre sur la grossesse maintenant ?

— C'est encore dans nos plans, non ?

— Si, si. Et ce téléphone ?

— C'est le libraire qui m'invite à boire un verre.

— Hein, mais ?

— Je blague. C'est le numéro de Dora Marte, la chamane auteure de ce livre qui consulte à Nice. Je crois que j'ai vraiment besoin d'aide, tu sais. Et puis, le fait que j'aie découvert ce livre pile la veille de la fausse couche, je me suis dit que c'était un signe. Je n'ai pas envie d'aller voir un psychiatre qui va vouloir me donner des médicaments, ni un psychologue avec qui il va falloir tout décortiquer pendant des années. Une chamane, c'est un peu décalé, c'est exactement ce dont j'ai besoin.

— Bravo, ma femme. J'aime quand tu prends les choses en main, dit-il en l'embrassant tendrement.

CHAPITRE 8

Il est très tôt ; Hortense a réservé le seul créneau encore disponible chez la chamane, à 8 h 30. Elle se frotte les yeux, la lumière est un peu intense pour elle. La salle d'attente du cabinet de Dora Marte est tout en longueur. On se croirait chez un généraliste de quartier, aucun charme, pas de grigris ou autres détails chaleureux, rien de personnel. Hortense regrette déjà le rendez-vous pris sur un coup de tête. « Chamane, énergéticienne » est-il marqué sur la porte d'entrée. Ce nom barbare qui ne correspond à aucun diplôme officiel déclenche tous les voyants d'alerte de son cerveau : « arnaque », « secte », « méfiance », « n'y va pas », « stop ». Cette absence de plaque en bas de l'immeuble. Les vieux magazines d'astrologie sur la table. Tout lui donne envie de partir en courant. Pourtant elle reste, comme un lapin pris dans les phares d'un camion, elle attend le choc.

La porte s'entrouvre et Dora Marte apparaît tout sourire. Hortense s'apaise un peu : la jeune femme brune, fine et élégante dégage quelque chose de très doux et de puissant en même temps.

— Entre, installe-toi, voilà… Tu es bien, là ? Ça te va si on se tutoie ? Raconte-moi, pourquoi tu viens me voir ?

La décoration de l'intérieur du cabinet contraste avec l'entrée. Des plantes exotiques, de la paille, des meubles en bois clair, une bibliothèque pleine de livres colorés et de paniers dont dépassent des objets épars. C'est simple et chaleureux.

— Je… euh…

Elle fond en larmes.

Après l'avoir laissée se vider de ce trop-plein, Dora Marte se lève et lui montre la table de massage.

— Viens t'allonger, pas besoin de mots, nous allons profiter de cette émotion qui émerge pour travailler en profondeur.

Hortense s'étonne de l'empressement de l'énergéticienne, mais est bien soulagée de ne pas avoir à mettre de mots sur ce qui lui arrive. Elle se pose sur la table chauffante et se sent tout de suite mieux, la chaleur la réconforte. Allongée, elle ferme les yeux et se laisse aller. Elle n'est plus oppressée par le chagrin, le calme est revenu.

Dora Marte pose sa main sur le bras d'Hortense qui sent une énergie douce, délicate. Ce contact simple lui fait du bien.

— Décris-moi ce que tu ressens au fur et à mesure. Sois bien attentive à tes cinq sens, car cela peut commencer par une odeur, une sensation, pas nécessairement une vision.

Une vision ? Une sensation ? Hortense se remet en alerte. Et s'il ne se passait rien ? Alors elle aurait perdu son temps ? Elle serait venue pour rien ? Si elle n'était pas capable de ressentir quoi que ce soit ?

— Respire, Hortense, reste bien dans les sensations de ton corps, ne reviens pas dans la tête, laisse les pensées de côté pour l'instant.

Facile à dire, Hortense ne sait pas où est le bouton stop. Pourtant, la sensation de douceur revient. Elle respire profondément et sent l'odeur de la vanille. Une odeur de son enfance. Elle se voit petite fille, sa mère lui repoussant le bras pour entrer dans un ascenseur et ne plus jamais revenir. Non, elle ne doit pas la laisser partir. Dépassée par le flot d'émotions de l'enfant qu'elle était, elle fond à nouveau en larmes, elle en oublie complètement où elle est, l'âge qu'elle a, ce qu'elle est en train de faire. Prise par une douleur insupportable, un hoquet lui échappe : « Maman ! »

Dora Marte pose un regard doux sur Hortense qui le sent, bien qu'elle ait les yeux fermés. Elle se rappelle alors qu'elle est adulte et qu'elle vient d'appeler sa mère devant une inconnue. Elle a soudain un peu honte.

— Respire, Hortense, reste à l'intérieur, lâche le mental. Respire avec le ventre. Regarde, je vais poser ma main sur ton ventre et tu vas la soulever par ta respiration, le plus haut possible.

Comment Dora a-t-elle su qu'elle s'était mise à penser à nouveau ? Hortense inspire profondément. Elle aime le contact de la main de la chamane qui réchauffe son abdomen glacé par l'absence de vie. Les larmes reviennent. Entre deux spasmes de sanglots, Hortense aperçoit comme une fumée noire qui sort de son ventre. Bien qu'elle ne soit pas complètement cartésienne, elle n'arrive pas à croire ce qu'elle voit. Est-ce une hallucination ?

— Essaie de me dire ce qui se passe pour toi.

Hortense voudrait décrire ce qui se passe, mais aucun son ne sort de sa bouche.

— Prends ton temps, respire.

— Je ne peux pas, il y a trop de fumée, j'étouffe, souffle Hortense en panique.

Elle voit apparaître dans la poussière noire un bébé. Elle pleure tellement qu'elle n'arrive plus à savoir si elle a les yeux ouverts ou fermés, si cette fumée existe vraiment ou si ce n'est que dans sa tête. Le bébé s'élève dans un nuage gris qui s'éclaircit, puis s'illumine.

— Il y a un bébé dans la fumée, il brille, arrive à balbutier Hortense.

— Donne-lui un nom, c'est ton bébé, il faut que tu puisses le nommer pour lui faire un véritable adieu.

Hortense n'arrête plus de pleurer, elle pleure de douleur, de stress, d'angoisse, de tristesse, elle ne sait plus bien dans quel ordre.

— Camille, il s'appelle Camille.

Elle se demande d'où sort ce prénom. Elle n'aime pas spécialement « Camille », elle ne l'a même pas envisagé dans ses frénétiques listes de prénoms possibles. Elle se souvient juste d'un chanteur qu'elle avait rencontré dans une soirée. Il était beau, drôle, intelligent et s'appelait Camille. Ça l'avait marquée, car elle ne savait pas, avant de le connaître, que ce prénom était mixte. C'est bizarre, comme ce prénom est venu tout seul se poser sur ces volutes de poussière. Adieu, Camille.

Dora Marte touche une autre partie du ventre d'Hortense, plus bas.

— Fais partir une lumière blanche de ce point. Une lumière puissante, pour accompagner Camille dans son ascension et en même temps te réconforter, te rendre ton énergie, ta chaleur, relancer la vie en toi.

Hortense s'étonne de la chaleur dévorante de ce rayon solaire qui ravive chacune des parties de son corps. Quand la lumière a envahi chaque recoin de son être, elle se sent lessivée. Comme un boxeur vaincu à l'issue du combat. Étourdie, abrutie mais légère, vidée d'un poids insupportable. Dora touche à présent le sommet de son crâne.

— C'est une âme difficile. Elle ne veut pas s'incarner dans ces conditions. Ton niveau d'évolution, tes conditions de vie ne lui vont pas. C'est une entité à la vibration puissante qui aspire à une vie spirituelle, elle a besoin que tu te purifies d'un arbre familial néfaste. Elle souhaite arriver au monde quand tu auras réglé ton problème de lignée maternelle. Sans ça, elle repartira encore.

Hortense est partagée entre croire en son expérience et accepter sans réfléchir tout ce que la chamane raconte, ou décider que c'est une fiction complète, qu'elle a tout imaginé et que ça ne peut pas être vrai. En même temps, elle ne peut pas nier que ça lui parle : elle qui pensait avoir été choisie par ce bébé puis rejetée, c'est exactement ce que Dora lui a dit. Cette âme l'a bien sélectionnée, mais elle doit travailler avant de pouvoir être vraiment sa mère. Elle a vécu une expérience incroyable, mais doit-elle pour autant prendre cet étrange discours au sérieux ?

— Dans une autre vie, tu as été son esclave. Il faudra aussi t'affirmer pour être capable de lui donner le change. Tu n'es pas encore assez forte pour le porter. Il est une version accomplie de ton compagnon. Il en aura les qualités et en sublimera ou transcendera les défauts. Il aura besoin de ta force, pas de ta soumission. C'est à ça que tu dois travailler, retrouver ta puissance de femme.

Hortense remarque qu'elle est passée du « elle », l'âme, au « il ».

— Est-ce que vous… euh, tu veux dire que ce sera un garçon ?

— C'est une énergie masculine qui s'incarnera plus probablement dans le corps d'un homme, en effet. Le travail est terminé, tu peux te lever doucement. Tu veux une infusion ?

Hortense acquiesce. Elle a l'impression que la séance a duré dix minutes. Elle regarde sa montre et se rend compte qu'une heure trente est passée.

Dora lui apporte un gingembre bien chaud qu'elle savoure avec plaisir.

— Comment te sens-tu ?

— Vidée.

— C'est normal. Avec ce travail, nous avons permis à toutes tes émotions contenues, liées à l'abandon, de sortir. Certaines étaient là depuis de nombreuses années, d'autres sont toutes récentes, c'était très intense. Il va falloir te reposer ces prochains jours. Ton corps aussi a besoin d'éliminer les toxines. Bois plus que d'habitude et essaye de te nourrir le plus possible de fruits et légumes crus pendant les deux-trois jours qui viennent.

— D'accord, merci. Je me sens tellement soulagée, c'est hyper bizarre.

— Non, c'est normal. Ce qui t'oppressait, c'était le cumul d'émotions contenues. Tu vas vite retrouver ton équilibre grâce à ce travail de deuil.

— De deuil ? Alors j'ai le droit de me sentir en deuil même si ce bébé n'en était pas un ?

— Bien sûr, pour toi, c'en était un. Il est même indispensable de faire un tel travail. Rester avec la culpabilité et le chagrin est très mauvais pour ta santé mentale et physique. Sans compter qu'en étouffant tes émotions, elles risquent de te retomber dessus plus tard. On ne peut pas enterrer ce genre d'événement comme un vieux souvenir encombrant.

— Et tu penses que j'aurai un enfant un jour ?

— Tu es prête.

— Prête ?

— Prête à aller de l'avant. Tu retomberas enceinte bientôt. Pense à travailler ta lignée d'ici là, c'est quelque chose que nous pouvons faire ensemble, en quelques séances.

— OK, je… euh… je te recontacterai.

— À bientôt, Hortense, prends soin de toi.

En roulant en direction de la radio sur son joli vélo bleu, Hortense repense à la proposition de la chamane. Travailler sur sa lignée, qu'a-t-elle voulu dire par là ? Peut-on lui faire vraiment confiance ? C'est vrai qu'elle a tout perçu juste en l'effleurant, en posant ses mains sur elle à travers ses vêtements. Et puis cette vision de son enfance, c'était tellement réel, ça lui a permis de voir qu'elle n'était pas guérie de cet abandon de sa mère. Elle était si petite. Maintenant elle a l'impression d'être réparée, comme si les morceaux de son cœur avaient pu être recollés. Et son bébé nuage gris, c'était vraiment bizarre, lui aussi est vraiment apparu. Ces images semblaient si vraies, bien plus que dans un rêve. Pourtant, Hortense est contrariée par cette étrange prédiction que Dora lui a faite à la fin, comme pour lui imposer d'autres séances, c'est louche. Non, elle ne retournera pas la voir ; une fois, c'est suffisant. D'ailleurs, elle lui a dit que le travail de deuil était fait. Après tout, c'est pour ça qu'elle y est allée.

En arrivant à la radio, elle sourit en pensant à la chronique qu'elle a préparée sur les oiseaux sauvages en voie de disparition qui ont fait leur nid sur la plage. Elle adore aborder des sujets qui la touchent à l'antenne. Ce matin-là, Hortense offre à ses auditeurs une émission fluide et bien travaillée. Ravie de sa performance, elle demande à sa patronne de la recevoir, espérant obtenir plus de chroniques. Géraldine Modali est très occupée :

— Je t'accorde cinq minutes, Hortense, mais si c'est pour me demander des congés, c'est non.

— Au contraire, Géraldine, j'aimerais que tu me confies plus de chroniques.

— Écoute, Hortense, je te fais confiance et tu nous ponds des sujets écolo sur les oiseaux alors que tu es censée couvrir les infos pratiques. Alors, c'est vrai que ces derniers temps je t'ai donné pas mal de libertés, mais il faut quand même que ça concerne la vie quotidienne des gens, sinon ça ne marche pas. Commence par bien faire ce que tu dois faire, et on en reparlera.

— Mais le sujet était bon, ça intéresse aussi les gens. Et puis une partie de la plage est fermée, c'est une info pratique, ça, non ?

— Oui, mais ton travail, c'est de leur dire ce qui se passe de concret et qui va changer leur quotidien : les travaux, la circulation, l'ouverture d'une nouvelle boutique, la programmation d'un festival… Une partie de la plage fermée, vu la taille de la plage, ça ne change pas grand-chose à leur vie, tu vois ? Et si ton job ne t'intéresse pas, j'ai dix greluches pas enceintes qui rêvent de prendre ta place.

Hortense marque une pause. Elle sait qu'elle doit lui dire, mais ça lui coûte. Elle prend une grande inspiration et se lance :

— Au fait, je ne suis plus enceinte.

— Ah, désolée pour toi, Hortense. Enfin, tu vas pouvoir te remettre à bosser sérieusement, plus de prétexte pour faire n'importe quoi. Allez, va préparer ta chronique de demain.

Hortense n'est pas très surprise de l'absence d'empathie de sa patronne pour l'interruption de sa grossesse, mais elle est complètement découragée par son commentaire sur son travail. Pour une fois qu'elle était fière de sa chronique, pour une fois que ce qu'elle disait était intéressant, voilà qu'on la bloque. Elle en a vraiment envie, de varier les sujets, de gagner un peu en liberté d'expression. Elle a l'impression de ressasser toujours les mêmes choses : le carnaval et ses rues fermées, les travaux et les bouchons, les salons, les foires, le marché, les parcs, ça tourne en rond, elle est à court d'imagination. Elle met son oreillette et, en rentrant doucement chez elle à vélo, elle appelle Ingrid.

— Ça va, Hortense ?

— Non, pas trop, j'ai demandé plus de chroniques à la radio et Géraldine m'a fait comprendre qu'il n'en était pas question. Je m'ennuie, j'en ai marre de toujours parler des mêmes choses. Et si je pouvais être un peu créative, mais dès que je propose des interviews rigolotes ou des sujets décalés, Géraldine se braque…

— Hortense, tu ne l'as jamais aimé, ce job.

— Si, un peu au début.

— Oui, c'était nouveau, ça t'a permis de clouer le bec à ton papa qui prétendait que journaliste, ça ne te ferait pas manger à Nice, mais au-delà de ça, honnêtement, tu aimes chercher l'info et la retranscrire ?

— Oui, quand les sujets m'intéressent, comme les oiseaux sauvages dont j'ai parlé ce matin. Une chance qu'ils aient bloqué une partie de la plage pour laisser les nids, comme ça, j'ai pu faire passer le sujet, mais Géraldine n'a pas apprécié.

— Donc quand ça t'intéresse, ce n'est pas ce qu'on attend de toi. Il n'y a pas comme un souci ?

— Si, mais qu'est-ce que je pourrais faire ?

— Je ne sais pas, moi, te reconvertir ?

— En quoi ?

— Déjà, commence à envisager la possibilité et vois ce qui vient.

Hortense attache son vélo. Elle sait que son amie a raison, mais elle est si fière d'avoir réussi à décrocher un CDI dès l'obtention de son diplôme. Sept ans de maison l'année dernière. Elle n'a jamais envisagé de partir de la radio, c'est toute sa vie. Ça lui semble inimaginable. Les ailes qu'avait fait pousser la séance chez Dora sont déjà en train de s'autodétruire. Elle avait enfin trouvé le courage de demander plus de temps d'antenne, ce qu'elle veut depuis au moins trois ans sans oser le proposer. Résultat, elle se rend compte que même ce qu'elle pensait parfaitement maîtriser, ses chroniques du quotidien de la région, ne convient pas vraiment à sa patronne. Ça lui fait penser à sa mère, que rien de ce qui concerne Hortense n'intéresse jamais. Même son embauche à peine diplômée à la radio n'avait ému que son père. En soignant sa lignée maternelle, est-ce qu'elle pourrait enfin être vue par sa mère ? Appréciée par sa patronne ? Si c'est ça, ça vaudrait peut-être le coup de retourner voir Dora. Ou alors changer de job, comme le suggère Ingrid ? Ingrid a toujours raison, mais là, ça lui semble un saut dans le vide bien trop violent. Que ferait-elle ? Qui serait-elle si elle n'était pas journaliste ? Son père la présenterait-il encore fièrement à ses amis si elle était fleuriste ou chômeuse ?

CHAPITRE 9

DEUX MOIS PLUS TARD, Hortense a enfin un week-end de libre. Ce n'était pas arrivé depuis si longtemps, un samedi et un dimanche sans radio. Ravie, elle sort du lit bien déterminée à profiter de ces deux longues journées de liberté. Elle descend l'échelle et Charles la prend dans ses bras en la serrant très fort.

— Aïe, attention, tu m'écrases les seins. Qu'est-ce qu'ils me font mal, en ce moment.

— Bon alors, tu es enceinte et tu ne dis rien ? plaisante Charles.

Hortense se pétrifie.

— Va chercher un test à la pharmacie, Charles.

— Non mais je blague.

— Moi je ne plaisante pas. Vas-y, fonce !

— Tu crois ? Ce serait dingue !

Charles s'exécute, un peu agacé de devoir sortir sans avoir pris le temps de se faire un café, mais assez heureux à l'idée que le bout du tunnel puisse déjà être là. Il court à la pharmacie et, en moins d'un quart d'heure, revient fier comme un chevalier de retour de quête, brandissant le sac en plastique orné d'une croix verte comme s'il s'agissait du Saint-Graal.

Quand Hortense sort des toilettes, le test à la main, il y a deux barres. Deux. Elle ne peut retenir un cri de joie.

— On a réussi ! Je suis enceinte !

— Bravo, ma chérie, mais tu sais, il faut peut-être qu'on ne s'emballe pas trop cette fois.

Hortense sautille comme une petite fille surexcitée par l'annonce d'un départ à Disneyland.

— Non, non, non, cette fois, c'est la bonne, je le sens. Je vais faire tout ce qu'il faut pour que ça se passe bien.

— C'est pas pour t'ennuyer que je dis ça. Fais juste attention, ne t'attache pas trop tout de suite, on ne sait pas ce qui peut se passer. Et surtout, tu n'en parles à personne, OK ?

— Mais, Charles… c'est trop bien, on n'a aucun souci, c'est revenu si vite, on peut y croire, cette fois !

— Promets-moi juste que tu n'en parleras pas.

— OK, je le dirai seulement à Ingrid, je ne peux pas lui cacher ça.

— Tiens, c'est pas à ta mère que tu choisis de l'annoncer en priorité, comme c'est bizarre, s'amuse Charles.

Hortense rigole, soulagée de pouvoir au moins l'annoncer à sa meilleure amie, même si elle ne sait pas bien comment elle va s'y prendre pour le cacher au reste du monde.

Le mardi suivant, Hortense s'endort dans les bras de Charles, rassurée par le résultat de la prise de sang qui indique une grossesse d'environ six semaines. Un deuxième miracle. Elle se réveille en sursaut le mercredi matin.

— Charles, j'ai fait un affreux cauchemar. J'accouchais et je perdais le nouveau bébé. Enfin non, pire, j'accouchais et rien ne sortait. Que de l'air. Mon ventre se dégonflait et le gynécologue se moquait de moi.

— Tu sais, ce n'est pas parce que ça s'est mal passé la dernière fois que ça va forcément mal tourner cette fois-ci. C'est normal d'être angoissée, mais statistiquement, toutes les chances sont de notre côté. Je sais que ce n'est pas facile, mais essaie de te détendre, je pense que le stress est mauvais pour le bébé, tu ne crois pas ?

— Mais si, je te dis que c'est mauvais signe, ce rêve. Je veux qu'on aille vérifier que tout va bien.

— Sois raisonnable, Hortense, on a rendez-vous dans dix jours pour la première échographie, ça peut attendre.

— Je ne passe pas dix jours dans le doute ! explose Hortense en enfilant ses baskets. Si tu ne veux pas venir, j'y vais toute seule.

— Mais où ?

— Au cabinet de radiologie.

Charles suit Hortense qui court presque jusqu'à leur voiture.

— Vous avez rendez-vous ?

— Non, c'est pour une urgence.

— Vous avez une ordonnance ?

— Non, puisque je vous dis que c'est urgent.

— Quel est le souci ?

— Je suis enceinte de six semaines et j'ai des signes inquiétants.

— Des saignements ?

— Non, j'ai fait un cauchemar.

— Vous savez que ce ne sera pas remboursé ? Bon, installez-vous dans la salle d'attente, on viendra vous chercher quand il y aura un créneau.

Charles regarde Hortense d'un air inquiet. Il doit partir travailler dans deux heures. Elle prie pour qu'on les prenne avant.

Trente minutes plus tard, une femme en blouse blanche crie le nom d'Hortense dans le couloir.

Hortense s'allonge sur la table d'examen, elle tire sur sa robe. Charles s'assied à côté d'elle. L'échographiste ajuste son appareil.

— Déshabillez-vous. Six semaines seulement, on va devoir mettre la sonde… Je ne vois rien. Jean-Michel ! Viens voir, c'est bizarre !

— Plus à gauche, remonte… Non, c'est vide. Combien de semaines d'aménorrhée ?

— Huit.

— Ce n'est pas normal.

Ce dialogue surréaliste a lieu au-dessus du ventre d'Hortense très légèrement arrondi. Enfin, plus tout à fait plat. L'échographiste manifestement débutante et son mentor semblent avoir oublié sa présence et continuent leur conversation sans l'informer de leur découverte.

— C'est la deuxième cette semaine.

— Tu sais, c'est un cas très banal, ça s'appelle un œuf clair.

Hortense tapote contre le skaï de la table d'examen comme pour les rappeler à sa réalité, celle d'une femme enceinte ayant déjà perdu un embryon, celle d'une mère en devenir déjà plus inquiète pour sa progéniture que pour elle-même. Le mentor, sentant le vent tourner, quitte la pièce, prétextant une nouvelle patiente qui arrive. La jeune première, un peu gênée, ne semble pas savoir comment parler à Hortense. Alors elle s'adresse à Charles, crispé sur son siège en plastique, pétri d'angoisse comme un spectateur pressé de monter sur scène.

— Monsieur, il n'y a rien.

— Alors tout va pour le mieux ?

— Non, l'œuf est clair.

Hortense ne peut se retenir d'intervenir :

— Et alors ?

— Alors, il n'y a pas de bébé dedans.

— C'est-à-dire ? Il n'est pas encore arrivé ? Trop petit pour qu'on le voie ?

— Non, il n'a jamais été là.

— Je suis enceinte de rien ? Comme dans mon cauchemar ?

— C'est ça.

L'absurdité de la situation prête à rire. La voilà avec une poche vacante dans le ventre. Le ridicule poussé à l'extrême : elle couve un œuf vide. Elle a pris trois kilos en un mois et demi pour nourrir le vide. Elle a cherché un prénom à une bulle de liquide amniotique. Si elle n'avait pas l'autorisation d'être triste pour la perte d'un petit pois au cœur battant, à quoi a-t-elle accès pour encaisser la perte d'un espace inoccupé en elle ? L'entité qui aurait dû y loger prend toute la place dans son cœur et dans sa tête, mais n'existe incontestablement pas. Hortense ose à peine croiser le regard de Charles, ne sachant où il pourrait la mener.

Le poids de l'absence qui leur retombe dessus sans prévenir. La claque du deuil à refaire alors qu'ils commençaient à goûter sérieusement à la responsabilité parentale. Les voilà à nouveau amants sans ancrage. Replongeant dans les affres de la trentaine infructueuse. Commençant sérieusement à douter de la possibilité d'un avenir clément. Il la rassure sans conviction. Ils font l'amour comme pour se convaincre que tout est encore possible. L'œuf a l'élégance d'attendre la douche du lendemain pour rougir le sol de ses restes. Charles est prostré dans le canapé, il lui tend la main, elle s'y accroche comme une moule à son rocher, et ils conviennent qu'il faut trouver des solutions, voir des spécialistes, agir, ne pas se laisser écraser par la fatalité.

Le rendez-vous d'urgence proposé par le docteur Giron a lieu une semaine plus tard. Il ne faut pas être trop pressé quand on perd ses bébés. D'ailleurs, elle reçoit Charles et Hortense avec trente minutes de retard.

— Alors comme ça, vous avez fait un œuf clair.

— Oui, c'était la semaine dernière. C'est ma deuxième fausse couche, j'aimerais trouver la cause et gérer le problème, annonce Hortense.

— Alors là, je vous arrête tout de suite, il ne s'agit que d'un second incident. Comme je vous l'ai indiqué la première fois, une enquête sur les causes n'est possible qu'à partir de la troisième fausse couche.

— Non, mais il doit bien y avoir quelque chose à faire ? Un médicament à prendre ? Un complément alimentaire ? Un test de compatibilité ?

— Rien. Pour l'instant, vous restez dans une norme relative. Ce n'est pas si rare de faire deux fausses couches qui en plus sont très différentes. On ne peut pas se lancer dans des examens contraignants et complexes à ce stade.

— Mais je veux bien faire tous les examens du monde tant que ça ne recommence pas.

— Malheureusement, il faudra que cela recommence pour que je puisse vous orienter vers un spécialiste.

— Je ne survivrai pas à une troisième fausse couche, s'effondre Hortense.

— Mais enfin, s'agace Charles, peut-on au moins voir un spécialiste et avoir quelques conseils ? Une idée du risque de récidive ?

— Je vais vous donner le numéro de mon confrère, le docteur Hourbi, mais je ne pense pas qu'il vous donnera rendez-vous. Quant à moi, je ne peux que vous conseiller de recommencer dès que possible.

— Et quoi ? Prier ? C'est ça la médecine moderne ?

— Monsieur, je vous en prie, calmez-vous. Appelez le docteur Hourbi et vous verrez ce qu'il propose. Bon, ça fera 88 euros, vous avez votre carte Vitale ?

Charles et Hortense sortent du cabinet minés. Ils espéraient des réponses et se confrontent au néant.

Bien sûr, la secrétaire du docteur Hourbi fait barrage, impossible d'obtenir un rendez-vous avant la troisième fausse couche. Ils se trouvent dans une impasse aberrante.

CHAPITRE 10

Hortense passe comme un robot dans la cuisine et part travailler. Plus de dix jours qu'elle a accouché de leur deuxième fantôme, et elle n'est plus que l'ombre d'elle-même. Charles, qui ne commence qu'à 14 heures, prend son temps pour une fois. Il se fait un troisième café, c'est sa première matinée de pause depuis l'incident, la première fois qu'il a le temps de réfléchir à toute cette histoire. A-t-il un problème de fertilité ou est-ce du côté d'Hortense ? Sylvie, la mère d'Hortense, dit qu'elle n'a jamais fait de fausse couche. Il faut qu'il parle à sa mère : si elle a eu des difficultés, ça vient peut-être de lui.

— Charles, comment vas-tu ?

— Pas très bien, maman. Hortense a fait deux fausses couches d'affilée.

— Quoi ? Mais tu ne m'avais pas dit qu'elle était enceinte.

— Non, avant trois mois, on ne dit rien. Je comprends mieux pourquoi, maintenant, d'ailleurs. Hortense n'a pas pu s'empêcher d'étaler ça à tous nos amis. J'ai du mal à lui pardonner ça, et en même temps, elle me fait de la peine. Elle n'est plus la femme joyeuse, espiègle, optimiste que j'ai épousée, elle se renferme de plus en plus, je ne sais pas comment l'aider… Bref c'est compliqué.

Il prend une grande inspiration.

— Dis, maman, tu as fait des fausses couches avant de m'avoir ?

— Oui, trois.

— Non, trois ? C'est énorme ! Pourquoi est-ce que tu ne m'en as jamais parlé ?

— À l'époque, on ne partageait pas ce genre d'informations avec ses enfants, ça ne se faisait pas.

— Mais alors c'est bien ce que je craignais, c'est de moi que viennent les problèmes ! Tu sais à quel point c'est important pour moi de fonder une famille, mais là, je ne vois pas comment on pourrait s'en sortir !

Charles entend la porte claquer. Hortense n'était pas partie ? Il voit que la batterie du vélo n'est plus là.

Hortense l'avait oubliée, elle est remontée la chercher, elle a forcément surpris leur conversation. Quelle horrible gaffe.

— Écoute, Charles, ça n'a rien à…

— Maman, je te laisse, je crois qu'Hortense a tout entendu.

Charles court dans la rue mais Hortense a déjà disparu. Il remonte penaud.

Hortense pensait trouver refuge dans les bras de Charles, affronter la vague en équipe. La réalité ne lui offre que le spectacle de sa sidération. Elle est la naufragée solitaire dans la tempête, elle ne peut compter que sur elle-même. Il ne lui tiendra pas la main, il n'en a pas la force. La violence des secousses fait perdre pied à Hortense. Abandonnée à son ventre gonflé, elle lutte pour ne pas se laisser aller à la haine d'elle-même, pente glissante si tentante mais déjà empruntée par celui qui pourrait l'en sortir. Alors, elle freine. Elle se promet de se pardonner de ne pas avoir su protéger la vie en elle, pas tout de suite, ça viendra. Elle pédale, pédale pour s'éloigner le plus rapidement possible de celui qui l'a tant déçue. Comment l'homme de sa vie peut-il être aussi cynique ? Égoïste ? Stupide ? Elle n'a même pas les mots. Avant d'entrer à la radio, elle compose le numéro de la chamane. Elle ne se sortira pas seule de cette histoire, quelle qu'en soit l'issue. Par chance, Dora accepte de la recevoir dans l'heure.

CHAPITRE 11

Hortense est à nouveau dans la salle d'attente tout en longueur. Maintenant qu'elle sait à quel point Dora Marte est pleine de révélations et de ressources, elle est un peu anxieuse, à la fois parce qu'elle se sait entre de bonnes mains, mais aussi parce qu'elle est désormais bien consciente d'à quel point une séance peut être bouleversante.

Son stress s'envole dès que Dora ouvre la porte, comme la première fois. Son regard doux et sa façon d'être, si sûre d'elle mais sans aucune arrogance, donnent à Hortense un apaisement puissant.

— Comment vas-tu, Hortense ? Tu as mis bien du temps à venir me voir.

Hortense a un peu honte, elle n'a pas tenu compte de ce que lui avait dit Dora sur l'âme difficile. Ça lui semblait absurde, improbable, et maintenant, elle est là sans trop savoir ce qu'elle espère, elle ne trouve pas comment se justifier.

— Tu souhaites faire ce travail de lignée maternelle autour de ton désir d'enfant qui ne se concrétise pas ?

— Oui, répond Hortense avec un enthousiasme qui la surprend elle-même. Mais… concrètement, qu'est-ce qu'on va faire ?

Dora l'invite à passer dans le cabinet et attend qu'Hortense se soit assise avant de répondre :

— Le travail que l'on va effectuer s'appelle une constellation familiale. Cela se fait généralement en groupe, mais dans certains cas, on peut le faire en individuel. Il s'agit de mettre à jour ce qui se joue quand tu échoues à ce que tu souhaites vivre, en l'occurrence, pour toi : avoir un enfant. Avec des objets divers que tu trouveras dans les paniers de la bibliothèque, tu vas mettre en scène des personnes de ta famille et toi-même. Grâce à la façon dont tu les auras inconsciemment disposés, je capterai des informations et te les transmettrai, puis nous remettrons les choses à leur place. Par exemple, si nous découvrons que tu fais des fausses couches parce que ton arrière-grand-mère maternelle a perdu son premier-né, tu lui rendras symboliquement son histoire. Tu verras, ça a l'air un peu complexe comme ça, mais en réalité ce sera très fluide.

— D'accord, dit Hortense qui n'est pas certaine d'avoir tout compris.

— Lâche le mental, Hortense, tu n'as pas besoin de tout analyser. La seule chose que je te demande, c'est d'être bien présente, de suivre attentivement ce qui va se passer.

— OK.

— Ce qui se présente aujourd'hui est un peu différent de l'information que j'ai reçue la dernière fois. On va commencer à travailler sur ta lignée paternelle, je sens qu'il y a un gros blocage de ce côté-là. La lignée maternelle sera pour une autre fois.

Hortense ne peut s'empêcher de se demander si c'est pour l'obliger à revenir faire une autre consultation que Dora ne s'attaque pas à sa lignée maternelle comme elle l'avait d'abord évoqué. Elle essaie de se concentrer et de faire confiance ; elle en a envie, mais elle a si peur de se tromper en adhérant à cette idée moins cartésienne de la vie.

— Prends un objet pour représenter ton père, un pour ta grand-mère paternelle, un pour ton grand-père paternel.

Hortense choisit dans le grand panier un canard en plastique pour son père, un chat en peluche noir pour sa grand-mère et un porte-clés Saint-Bernard pour son grand-père.

— Voilà, place-les dans la pièce. Où tu veux, sur les meubles, dessous, à côté, sens-toi libre.

Hortense est un peu perdue à placer des objets comme ça. Quel étrange exercice. Elle essaie de se mettre dans l'ambiance, de jouer le jeu. Au prix de la séance, il faut quand même qu'elle fasse un effort pour que ça fonctionne. Elle place le canard près d'un cactus tourné vers la fenêtre, le chat noir en peluche sous un fauteuil qui regarde vers le canard, et le porte-clés à côté du chat.

— Maintenant, annonce Dora, je vais me poser près de chacun de ces objets pour entrer dans la vibration des membres de ta famille et voir ce qui se passe. Je commence par ton père.

Dora se met à s'agiter dans tous les sens, à faire mine de retirer et remettre ses lunettes, souffler, marcher en rond. Hortense s'étonne de constater à quel point ce mouvement nerveux constant lui évoque son père. La chamane s'agite de plus en plus et dit une phrase étrange :

— Je ne suis pas suffisant, je dois assurer. Assurer pour tous les autres qui ne sont pas là.

Puis Dora se déplace vers le chat noir. Elle se met à pleurer. Pleurer. Elle montre à Hortense une ligne d'étoiles sur le tapis. Hortense ne comprend pas ce que Dora attend d'elle. Puis, sans savoir vraiment ce qu'elle fait, elle compte les étoiles. Il y en a sept. Hortense se surprend à crier :

— Sept, comme le nombre d'enfants que ma grand-mère aurait voulu avoir !

Dora sèche ses larmes, respire, sort de son rôle et demande :

— Et elle n'en a eu qu'un ? Pourquoi ?

— Avant mon père, elle a fait des fausses couches. Après mon père, elle a été très malade : elle a subi une opération du colon qui a failli la tuer, et avoir un autre enfant aurait été trop risqué.

— C'est bien. Tu n'as pas besoin de faire sept fausses couches pour la consoler, dis-lui. Il y a une prise de conscience à faire, une autorisation à te donner. Parle à ta grand-mère, c'est à elle que tu es fidèle en accouchant de la mort.

Hortense, hésitante, se lance :

— Mamie, je ne prends pas la charge de tes déceptions…

Elle se tortille, regarde le plafond, cherche ses mots.

— Ma vie est différente de la tienne…

Puis elle prend son courage à deux mains :

— Je n'ai pas à vivre ça, je te rends ton chemin.

— C'est bien, rapproche-la de son mari. Dis à ta grand-mère qu'elle peut trouver du réconfort auprès de son mari, pas de toi ni de son fils.

Hortense prend le chat noir et le porte-clés Saint-Bernard pour les mettre ensemble.

— Mamie, trouve du réconfort auprès de ton mari. Mon père est ton enfant, laisse-le vivre sa vie. Et moi, je ne suis pas ton prolongement.

— Dis à ton père qu'il n'a pas besoin de compenser pour ses frères et sœurs qui ne sont pas nés. Et par extension, que toi non plus, tu n'as pas besoin d'en faire des kilos pour l'aider.

Hortense, comme soulagée d'un immense poids, se met à pleurer. Elle essaie de dire ce que Dora lui suggère.

— Papa, tu n'as pas à vivre pour sept…

Elle marque une pause, secouée par l'émotion.

— Je n'ai pas à prendre cette place non plus, ce n'est pas la mienne, je te rends ta culpabilité.

— Bravo. Respire, recule, laisse-les, retourne t'installer dans le canapé. Je vais me laver les mains pour revenir dans mon énergie. Repose-toi un peu.

Dora revient avec une infusion à la main qu'elle tend à Hortense.

— Tu as fait un très beau travail en profondeur aujourd'hui. Tu as ouvert ton esprit et libéré ton âme, c'est magnifique.

— Est-ce que tu crois que c'est cette exigence de mon père que je reproduis avec Charles ? Que c'est pour ça qu'il a l'air de ne plus me supporter ?

— Tu sais, quand on est dur avec soi-même, on l'est forcément autant avec les autres. Le lien de ton père, qui se sent obligé de prendre la place de six autres personnes, avec toi qui n'es jamais assez bien, puis avec Charles qui n'en fait pas assez, est très direct, en effet. Ce travail devrait apaiser ton couple.

— Et tu penses vraiment que je faisais des fausses couches à cause de ça ?

— Je ne pense rien, c'est l'information que j'ai reçue. Et, en effet, tu ne te donnais pas l'autorisation de donner la vie. Après, ce n'est sûrement pas l'unique raison. Le travail dans lequel on se lance risque d'être un peu long. Je vais avoir besoin de ton implication. Il va falloir que l'on se voie chaque semaine et que tu me fasses confiance, sinon, il vaut mieux en rester là.

Hortense, surprise par la position radicale de Dora, et encore une fois impressionnée par sa clairvoyance, sent qu'elle ne peut pas s'arrêter ici. C'est au-dessus de ses forces de gérer ce souci seule, et comme aucun médecin ne veut l'aider, elle est bien obligée de trouver une solution. Tant pis si elle se trompe, elle doit essayer, tenter le tout pour le tout. De toute façon, elle ne voit pas qui d'autre pourrait la secourir.

— Je veux continuer, je te fais confiance.

— Très bien. Sache tout de même, si nous nous lançons dans ce travail suivi, que chaque année, je m'absente deux mois où je vais me ressourcer dans l'arrière-pays, dans la vallée de la Roya. Pendant cette période, je ne suis pas disponible, même si je te donnerai quelques indications pour continuer à travailler de ton côté. Mon prochain départ est prévu du 1er juillet au 1er septembre. Est-ce que cela te convient ?

Hortense acquiesce. Elle n'a pas vraiment le choix, de toute façon.

— Alors, à la semaine prochaine.

En rentrant chez elle, Hortense se demande comment elle va trouver la force d'affronter Charles après la conversation téléphonique qu'elle a surprise. Il semble tellement froid, tellement convaincu que c'est foutu. Peut-être que les révélations de sa séance avec Dora vont lui aussi l'aider, lui permettre de reprendre espoir ? Peut-être que s'il l'écoute, cela voudra dire qu'il tient encore à elle, que leur amour est toujours vivant ?

CHAPITRE 12

Par chance, quand Hortense arrive à l'appartement, Charles est déjà rentré du travail. Partager avec lui ses découvertes semble si urgent, comme si elle avait compris toutes ses erreurs et qu'en les lui communiquant, elle allait pouvoir tout réparer d'un coup. Mais c'est lui qui se lance dès qu'il la voit :

— Pardon, Hortense, je sais que tu as entendu quand je parlais à ma mère tout à l'heure. J'ai été nul. Tu sais, j'ai peur, peur de ne jamais être père, alors je cherche d'où ça pourrait venir. Moi aussi, j'essaie de prendre les choses en main. Ce que j'ai dit est stupide, je sais qu'on peut le faire tous les deux, j'ai juste eu un moment d'égarement. C'était tellement dur d'annoncer à ma mère ce qu'on a vécu, j'aurais juste voulu qu'elle ait un petit-enfant dont elle pouvait être fière, et voilà que je lui offre deux fantômes d'un coup. Je veux qu'on y arrive, Hortense, je ferai tout ce qu'il faut, j'espère juste que ça ne prendra pas des années.

Hortense se jette dans ses bras. Elle espérait tant qu'il la comprenne, qu'il soit présent dans sa quête, et cela commence à sembler possible. Mieux encore, voilà qu'il demande :

— Alors, ton rendez-vous avec la chamane ?

— Incroyable. J'étais inquiète, je doutais de ce choix un peu bizarre, mais j'ai bien fait. J'ai compris des choses incroyables sur ma famille. Ma grand-mère, Rose, la mère de mon père, voulait sept enfants, et elle n'a eu que mon père, ce qui lui a mis une pression de folie. C'est pour ça qu'il est si dur avec moi, et que j'en attends trop de toi.

— Je ne vois pas vraiment le lien, mais si ça t'a fait du bien…

— Si, ça m'a permis de me rendre compte que je portais le poids de cette malédiction. Comme s'il fallait, pour être fidèle à ma grand-mère et respecter sa tristesse, que je fasse moi aussi des fausses couches.

— Hum, et tu crois qu'en ayant compris ça, hop, magie, ton corps va être capable de faire un bébé ?

— Je ne sais pas, car il semble qu'il y ait d'autres blocages.

— Ah oui, donc il va falloir faire d'autres consultations... Elle est forte, cette chamane.

— Ah, je vois, ça ne t'intéresse pas ? Tu ne m'écoutes que pour trouver la faille, le truc à critiquer.

— Si, si, ça m'intéresse, même si je ne suis pas certain d'adhérer à tout, mais je pense que c'est surtout à ton père qu'il faudrait que tu parles de tes découvertes, déjà pour les vérifier. Et puis, ça pourrait être l'occasion d'enfin lui dire qu'il te met trop de pression, tu ne crois pas ?

Depuis toute petite, Hortense n'arrive pas à dire à son père ce qu'elle a sur le cœur. Elle a peur de lui, ou plutôt peur de son jugement, de son regard. Elle n'avait même pas imaginé lui parler de sa thérapie, tant elle le sait opposé à tout ce qui touche à l'émotionnel et au spirituel. Déjà, les psys traditionnels sont pour lui des charlatans, alors elle n'ose songer à ce qu'il dirait d'une chamane. Tout ce monde autour de la thérapie, du bien-être, est pour lui au mieux de la perte de temps, au pire des absurdités sectaires dangereuses. Hortense sait que Charles voit juste.

— Tu as raison, je vais essayer.

D'abord, il faut qu'elle en parle à Ingrid. Elle saura la conseiller, trouver comment faire pour qu'Hortense aborde le sujet avec son père sans se faire ratatiner à la première phrase. Hortense s'installe dans la mezzanine et appelle son amie, qui lui propose de passer la voir.

Chez Ingrid, Hortense a toujours l'impression d'arriver chez une vraie adulte. Tout est propre, bien rangé, aligné, harmonieux. Les draps parfaitement assortis aux rideaux et aux tapis sont bien repassés, les vases pleins de fleurs fraîches, ça sent bon la rose musquée, on se croirait dans un boutique hôtel. Chez Hortense, tout est de bric et de broc, des piles de livres poussiéreuses, des mugs de la veille posés çà et là… Cosy, mais très loin de la perfection.

— Je t'ai préparé un thé blanc au jasmin. Tiens, installe-toi dans le canapé. Tu voulais me parler de ton père ?

— Merci. Oui, tu sais, je suis allée voir la chamane dont je t'ai parlé.

— Ah, mais c'est formidable, bravo ! Tu t'es enfin lancée !

Ingrid sert le thé puis s'assied en face d'Hortense, dans le fauteuil rose.

— Oui, et elle m'a révélé des choses bizarres sur ma famille. Ça sonne juste, et il y a des faits que je connais dans ce qu'elle m'a dit. En gros, je ferais des fausses couches parce que ma grand-mère paternelle qui voulait sept enfants n'a pu en avoir qu'un, et inconsciemment, je chercherais à apaiser son chagrin en le prenant à ma charge et en vivant à mon tour sa douleur.

Hortense croise puis décroise les jambes, le canapé est un peu dur, elle ne sait pas trop comment se mettre. Ingrid, bien droite dans son fauteuil, ouvre de grands yeux :

— Si c'est vrai, c'est terrible. Imagine tout ce que tu fais sans t'en rendre compte, sans le vouloir, juste pour compenser ou réparer un passé qui n'est pas le tien et que tu ne connais peut-être même pas. Ça me donne envie de creuser la question. On a prouvé que les traumatismes de nos ancêtres sont inscrits dans nos gènes, c'est tout à fait probable que ça joue.

— Oui, ça me semble pertinent. Mais surtout, imagine la pression qu'a eue mon père, seul au lieu de sept. Il a fallu qu'il prenne sa place et en plus, celle de six autres enfants. Vivre pour sept.

— Ça explique en partie son sale caractère !

Hortense rit. C'est tellement précieux, cette authenticité : zéro triche, zéro faux-semblant.

— Tu sais, j'aimerais lui en parler, mais je ne sais pas comment m'y prendre pour qu'il ne m'envoie pas bouler à la prononciation du mot « chamane »... dit-elle en se reculant sur le canapé avant de saisir un coussin.

— Qu'est-ce que tu as à perdre ? demande Ingrid, les mains serrées autour de sa tasse de thé. Parle-lui franchement, n'essaie pas de faire genre tu as deviné ça toute seule, ne prends pas de détours. Tu n'es pas obligée de penser comme lui, tu as le droit de vivre des choses qu'il ne s'autorise pas. S'il ne t'écoute pas vraiment, s'il ne te prend pas au sérieux, tant pis, tu auras fait tes cinquante pour cent, tu ne peux pas faire les siens à sa place. Mais ce serait dommage de ne pas essayer.

— Et s'il se moque de moi ?

— Prends de la distance. Tu veux être mère et tu as peur de la réaction de tes parents, ça ne va pas. Ose, c'est le moment d'avancer, de faire évoluer votre relation, tu ne crois pas ?

Hortense hoche la tête. Comme le disait Charles, elle doit affronter son père. Tout en réfléchissant, elle remarque que son amie est assise depuis le début de la conversation. Elle qui, d'habitude, s'agite toujours dans tous les sens, elle est dans le fauteuil rose, un coussin dans le dos, et ne s'est même pas levée pour ranger les tasses alors qu'elles ont terminé leur thé.

— Tu vas bien, Ingrid ? Ce n'est pas ton style de rester comme ça sans bouger.

Ingrid se pétrifie encore davantage.

— Hortense, il faut que je te dise. Ce n'est pas simple… Je suis enceinte. Avec Raoul, on pensait que ça prendrait des semaines, des mois, et c'est arrivé bien plus vite qu'on ne l'imaginait. Ça fait un peu plus de quatre mois, je n'osais pas t'en parler.

Un tsunami de jalousie mêlée de tristesse et de culpabilité tombe sur la tête d'Hortense. Son amie la plus proche n'a pas osé lui parler. Et elle avait raison, car Hortense n'arrive pas à être sincèrement heureuse pour elle. Impossible. Pourtant, elle lui souhaite tout le bonheur du monde, mais là, la voir accéder si simplement à ce que la vie lui refuse depuis des mois, c'est juste trop dur. Elle n'arrive pas à retenir les larmes qui coulent de ses yeux sidérés.

— Ingrid, je suis la pire amie de l'univers. Je suis désolée. J'aimerais réussir à faire semblant de trouver ça génial et d'être heureuse pour toi, mais c'est au-dessus de mes forces.

— Je comprends, Hortense, et je suis heureuse que tu ne fasses pas comme si de rien n'était.

— Tu sais, j'ai tellement peur, peur de perdre Charles qui est si distant, peur de ne jamais avoir d'enfant. Je suis désolée, tu viens de m'annoncer la meilleure nouvelle de l'année et je te parle de moi, moi, moi.

— Hortense, ce que tu traverses est très dur. Je suis là, tu sais. Ce n'est pas parce que je suis heureuse que je ne peux pas te comprendre ni te soutenir. Et puis j'ai un mari formidable, des parents présents, je n'ai pas besoin que tu m'écoutes ou que tu sois disponible pour moi. C'est toi qui en as besoin, alors je suis ravie que tu te confies, tu le fais si rarement.

— J'ai toujours peur de t'ennuyer avec mes problèmes. Tu sais, je me sens tellement minable de ne pas réussir à faire ce que font toutes les femmes si naturellement.

— Tu plaisantes ? Tu sais le nombre de femmes qui sont obligées de passer par une aide médicale pour avoir des enfants ? Et puis ton gynéco t'a parlé des statistiques de fausses couches, une grossesse sur quatre ! Tu es loin d'être la seule pour qui c'est difficile. Ce n'est pas parce qu'on n'en parle pas que ça n'existe pas. Seulement, on vit dans un monde où on n'a pas le droit d'aller mal, on n'a pas le droit de dire stop, de se plaindre. Ou alors si, de la pluie, des bouchons, du gouvernement. Mais quand il s'agit de la maternité, c'est censé être facile, naturel, donc quand ça se passe mal, c'est carrément l'omerta.

— Ça me fait du bien, ce que tu dis. Tu crois vraiment que ce n'est pas ma faute ?

— Bien sûr que non. Le peu dont tu es responsable, c'est ta posture intérieure, et tu es en train d'y travailler.

Hortense est profondément soulagée de voir que son amie ne lui en veut pas. Elle se dit qu'elle gagnerait à oser dire les choses. Cette conversation était tellement plus intéressante que ce qu'elles se seraient dit si elle avait réussi à se forcer à faire semblant de se réjouir. Ça la conforte dans l'idée de mettre cartes sur table avec son père, mais pour y arriver, il va lui falloir une force qu'elle n'a peut-être pas encore.

CHAPITRE 13

Quand Dora ouvre la porte, Hortense se sent déjà un peu soulagée, comme si son corps avait enregistré l'information que cette femme lui fait du bien. Elle n'est plus stressée comme les deux dernières fois, elle se sent à la bonne place, entre de bonnes mains.

— Comment te sens-tu, Hortense ? Y a-t-il des choses qui ont bougé après notre séance ?

Hortense ne sait pas par quoi commencer tant elle voudrait lui parler des derniers événements, mais elle se recentre sur sa priorité du moment.

— J'ai besoin d'assumer davantage ce que je pense, et d'oser le dire. Hier, j'étais chez mon amie Ingrid qui m'a annoncé qu'elle était enceinte, et j'ai pu lui dire que j'étais jalouse, mais seulement parce que je n'avais pas le choix, je n'arrivais pas à faire semblant. J'aimerais pouvoir naturellement faire le choix de dire ce que j'ai à dire. Surtout avec ma patronne et mon père à qui je n'ose jamais rien avouer, mais aussi avec Charles. Je garde tout à l'intérieur, je vois bien que ce n'est pas bon, mais je n'arrive pas à changer.

— Installe-toi dans le canapé, allonge-toi, on va faire une séance de régression. On va aller chercher la toute première fois où tu as décidé que c'était dangereux de t'exprimer ou que tu n'en avais pas le droit.

— Mais je ne sais pas, je ne m'en souviens pas…

Hortense commence à stresser : la séance pourra-t-elle aller au bout si elle ne se souvient de rien ?

— Ne t'inquiète pas pour ça, on va utiliser l'hypnose. Toi, tu ne te souviens pas, mais ton inconscient, lui, sait. C'est la partie de toi qui se rappelle tout.

— Ça me fait peur, l'hypnose. Et si je ne reviens pas ? demande Hortense qui se souvient d'un film où le héros hypnotisé devient cambrioleur malgré lui.

— Ne t'en fais pas, il y a plein de moments quotidiens où tu es dans un état de conscience modifié comme en hypnose. Par exemple, quand tu regardes un film et que tu es triste ou inquiète pour les personnages. Ou encore quand tu marches sur un chemin que tu connais par cœur et que tu penses totalement à autre chose. C'est aussi simple et banal que ça. On n'est pas dans l'hypnose de spectacle. Tu reviens quand tu veux, de la même manière que tu peux éteindre l'écran et sortir du film. Tu as juste à ouvrir les yeux si tu veux sortir de la transe hypnotique. Tu es bien installée ?

— Oui, ça va.

— Mets ce plaid sur toi. En te détendant, tu risques d'avoir froid. Voilà. Ferme les yeux et visualise un escalier que tu vas descendre, pas à pas. Chaque pas te mène à une détente plus profonde, à chaque marche, tu prends une grande inspiration, puis une grande expiration, ton corps s'alourdit et ton esprit s'allège.

Hortense se laisse guider par la voix douce et invitante de la chamane. Après une longue descente, elle se sent calme, elle entend à nouveau Dora :

— Reviens à la toute première fois où tu as enregistré que tu ne devais pas parler. Laisse venir le souvenir en étant bien attentive à tes cinq sens, car l'information peut te venir par différents biais.

Hortense a un goût bizarre dans la bouche, ça lui rappelle quelque chose, mais elle ne sait pas quoi. Si, c'est ça, le sirop d'érable que son grand-père avait rapporté du Canada.

— Je suis petite, trois, quatre ans, je vois le mur jaune, je suis dans le salon… je crois… Mon père vient de rentrer du travail… je le vois… Il ouvre la porte, il me semble très grand, j'ai très envie de lui raconter ma journée. Oui, voilà : j'ai goûté pour la première fois du sirop d'érable, il doit découvrir ce goût incroyable, je dois lui en parler.

Hortense s'étonne de la force de ce souvenir, de la facilité avec laquelle elle retourne dans ce moment.

— Il allume la télévision et me demande de me taire. J'insiste, c'est important, vital même. Il m'ignore. J'essaie d'écouter avec lui ce que dit le bonhomme dans l'écran, pour voir si c'est si palpitant, c'est interminable et sans intérêt. Pourtant, plus intéressant que ce que j'ai à dire selon lui. Donc je ne vaux rien, vraiment rien. Ce que je vis d'extraordinaire attire bien moins son attention que la voix monocorde d'un type dans un écran. Je ne vaux pas la peine qu'on m'écoute, je suis bien moins intéressante que les autres, bien moins intéressante qu'un monsieur qui n'est même pas vraiment là, je n'existe pas.

Des larmes lui viennent. Comment un souvenir si lointain peut-il avoir tant d'incidence sur son état actuel ?

— Va voir la petite fille que tu étais, va la rassurer. Dis-lui que ce n'est pas elle qui n'est pas intéressante, c'est son père qui n'était pas disponible à ce moment-là. Explique-lui à voix haute avec tout ton recul d'adulte, console-la.

Étonnée de la facilité avec laquelle elle arrive à visualiser le dialogue avec la version d'elle-même toute petite, Hortense la met en confiance en lui souriant. Elle l'installe sur ses genoux dans le vieux canapé en cuir face à la télévision allumée, elle lui fait un gros câlin puis lui dit :

— Tu sais, ton père est fatigué de sa journée de travail, il n'a envie de rien, rien ne l'intéresse. Cette télévision, c'est sa façon de se débrancher le cerveau, d'arrêter de penser à ses soucis. C'est un peu idiot, mais beaucoup d'adultes font ça, moi la première avec les films romantiques. Il ne t'écoute pas car il n'est pas disponible, il est trop préoccupé, ça n'a rien à voir avec toi. Des histoires de sous qui n'arrivent pas à temps, de commande qui n'est pas prête, bref, il a la tête ailleurs. Il ferait mieux de décrocher en savourant avec toi le délice de ce sirop d'érable que tu viens de découvrir, ça lui ferait un bien fou, mais il a un gros défaut : il veut toujours faire mieux, progresser, être meilleur, et ça l'empêche de profiter des moments simples. Avec le temps j'ai failli devenir comme lui, mais grâce au bébé que j'aimerais avoir et qui n'arrive pas – enfin, qui vient dans mon ventre et repart aussi vite – je suis en train de comprendre que cette course est stupide, que vouloir impressionner les autres, même ses parents, n'est pas un bon moyen d'être heureux. Tout ça pour dire : tu es essentielle pour lui, ce que tu as à dire est très important. Ne te remets pas en question quand ton père semble ne pas t'adorer. En réalité, il t'aime en secret, il ne sait pas le dire ni le montrer. Enfin, si, il pense qu'il te le montre quand il gagne plein de sous et te paie plein de jouets.

La petite Hortense sourit, elle a compris, elle se sent mieux. Dora reprend :

— Maintenant, Hortense, fais venir ton papa de l'époque, demande-lui d'éteindre la télé et confie-lui sa fille tout en lui pardonnant son comportement.

Hortense prend la télécommande, éteint la télévision et fait signe à son père de se rapprocher. Elle lui met la petite Hortense dans les bras. Sa voix tremble d'émotion.

— Papa, je te confie ta fille qui a besoin de ton amour et de ton attention, pas seulement sous forme de grande chambre ou de beaux jouets.

Hortense sent une grande chaleur l'envahir, elle est émue de se voir petite câlinée par son papa.

— Papa, je te pardonne…

Prononcer ces mots lui coûte : elle lui en veut, quand même.

— Ce n'est pas simple pour moi, je veux croire que tu m'as aimée à ta façon, que tu n'as pas su le montrer… Je trouve ça vraiment décevant, mais serais-je capable de faire mieux ?

Hortense regarde encore une fois son père et la version d'elle enfant. Elle leur envoie tout l'amour dont elle est capable.

— Bien, Hortense, tu peux doucement revenir ici et maintenant, bouger les mains, les pieds, t'étirer, bâiller si tu en as besoin, puis ouvrir les yeux quand tu seras prête.

Hortense roule les épaules comme pour se rappeler qu'elle a un corps. Elle a du mal à lever ses paupières, elle fait craquer ses doigts, prend une grande inspiration et retrouve ses esprits.

— Comment te sens-tu ?

— Ça va, mais j'ai eu du mal à pardonner à mon père à la fin… Quand même, il aurait dû faire attention. Toutes ces années à croire que ma parole ne valait rien. C'est horrible de faire subir ça à sa fille.

— Ton père a fait ce qu'il a pu à son niveau d'évolution à ce moment-là. Son intention n'est pas mauvaise.

Si ton âme a choisi ce père distant et peu disponible, c'est sûrement que cette expérience te sera utile. Tu viens de dénouer un enjeu essentiel de ton évolution. Lâche la revendication, apprécie la libération.

Stupéfiant à quel point Dora a les mots justes. Comme si elle captait bien au-delà de ce qui est dit. Hortense a vraiment envie de continuer le travail de nettoyage de ses mémoires bloquantes. À trente-trois ans, il est temps qu'elle s'offre une porte de sortie de cette enfance compliquée qui l'empêche encore aujourd'hui d'être elle-même.

En sortant du cabinet de Dora, Hortense se rend à la radio. Elle sait que c'est l'occasion rêvée de constater l'efficacité réelle de son travail du jour. Après avoir rapidement salué Robert et Michel, les techniciens de l'après-midi, elle s'enferme dans la salle de montage pour terminer son sujet sur les travaux du parking du musée Chagall. Elle soupire en pensant à tous les reportages fascinants qu'elle aurait pu faire sur les loups alpha dans l'arrière-pays, les chercheurs du musée océanographique de Monaco et leurs nouvelles trouvailles au sujet des requins, les subtilités de l'aménagement de la nouvelle exposition au musée d'Art Moderne, et prend son mal en patience, espérant un jour se sortir des sujets infos pratiques, utiles, quotidiennes pour accéder au Graal des sujets plus « magazine ».

Géraldine Modali ouvre la porte sans frapper :

— Hortense, il faut que je te voie tout de suite dans mon bureau.

Hortense, qui a presque terminé son montage, sait que si elle s'interrompt maintenant, elle va perdre une demi-heure à retrouver le fil. Alors, avec son nouveau courage en écharpe, elle se lance :

— D'accord, Géraldine, j'arrive dans cinq minutes, le temps de terminer mon montage.

Le ton ferme, l'affirmation sur son visage, Hortense s'étonne elle-même. Géraldine a l'air outrée. Hortense espère ne pas être allée trop loin. Elle aperçoit Michel, qui lève le pouce en guise d'encouragement.

— Cinq minutes, pas une de plus, lance Géraldine en claquant la porte derrière elle.

Hortense est hyper fière d'elle. Elle se demande si elle aurait autant d'audace face à son père ou sa mère.

CHAPITRE 14

LE LENDEMAIN, Hortense ne travaille pas. Après avoir passé sa matinée à lire, ranger, trier, cuisiner, elle décide d'aller voir son père. Il est temps qu'elle lui parle de ses avancées, de ses découvertes. Elle se sent prête à affronter son regard dubitatif, ses moqueries. Tant pis, elle doit dépasser tout ça si elle veut évoluer.

Elle arrive pile à l'heure de sa pause déjeuner et le trouve en train de fermer la boutique. Il l'invite dans son bistro préféré.

— Alors, ma chérie, quoi de neuf ?

Hortense attend que la serveuse prenne les commandes et s'éloigne un peu de la table pour se lancer sans détour :

— Je suis allée voir une chamane, elle m'a fait une constellation familiale et j'ai découvert des choses étonnantes sur notre famille.

— Méfie-toi de ces gens qui demandent des fortunes pour te dire des trucs qu'on trouve sur Internet, réplique son père.

— Non, papa. Ce qu'elle m'a dit n'est pas en ligne, c'est certain.

— Tu sais, il y a aussi des gens qui savent bien te lire et vont trouver plein de choses en fonction de ta posture, tes réactions, ce que tu racontes...

— Là, c'est différent. La constellation a révélé l'énorme poids de la peine de mamie Rose, qui n'a pas réussi à avoir les sept enfants dont elle rêvait. Cette déception a pesé sur toi à un point que je n'aurais pas imaginé.

— Ça, c'est juste. Elle avait six frères et sœurs et voulait aussi une grande famille, je l'ai souvent entendue s'en plaindre.

— On a vu que cela t'a mis une pression énorme, qu'il a fallu que tu assures pour sept, que tu compenses leur absence, que tu sois merveilleux, drôle, intelligent, vivant au point d'occuper la place de cette terrible frustration.

Julien accuse le coup, il recule sur sa chaise, prend un air renfrogné.

— C'est un peu exagéré, mais c'est vrai qu'elle était très malheureuse de ne pas pouvoir avoir d'autres enfants. Moi, j'étais petit, je ne comprenais pas tout. Ce n'est pas facile, quand on est enfant, de sentir ses parents tristes. On se sent impuissant et insuffisant. Ça m'a poussé à être plus fort, plus malin aussi, je pense.

Julien sert deux verres d'eau et boit une gorgée. La serveuse apporte les plats fumants. Hortense s'enhardit :

— On a aussi trouvé qu'à cause de ça, tu reportes aussi cette pression sur les autres. Sur moi, par exemple.

Hortense regarde son père avec inquiétude : elle a la sensation d'avoir lâché une bombe. Il reste pensif un moment, puis dit :

— Oui, peut-être. C'est aussi que j'ai perdu mon père très jeune, tu sais. Alors j'ai dû vite me débrouiller et apprendre à être exigeant envers moi et les autres. Quand tu as dix-sept ans et que ton modèle s'en va, ton monde s'effondre. Ce n'est pas simple de s'en sortir, de trouver sa voie, de savoir ce qu'on veut. Et puis ta grand-mère travaillait beaucoup, elle avait du succès comme acupunctrice, tout Nice venait la consulter. Elle avait du mal à gérer ma crise d'adolescence, je me suis senti dérouté, abandonné.

Heureuse de voir son père si volubile, elle en profite pour dévorer son risotto aux asperges, puis le relance :

— Tu ne m'en as jamais parlé. Pourquoi tu ne m'as pas raconté ça plus tôt ?

— C'est vrai que je ne parle pas de mon enfance. Tu sais, je n'aime pas ressasser le passé. C'est loin, tout ça.

Hortense est très surprise de l'ouverture d'esprit de son père, mais encore plus par sa confidence. Elle qui ne s'attendait pas à être écoutée, tout juste critiquée, elle n'en revient pas. Ça l'encourage à aller plus loin.

— Tu sais, pour moi aussi c'était compliqué, l'enfance. Il y a des choses qui m'ont marquée. La dernière séance que j'ai faite avec cette chamane était sur le thème de la difficulté que j'ai à m'exprimer, dire ce que je pense, prendre la parole, cette impression que ce que j'ai à dire n'est pas intéressant, ne vaut pas la peine.

— C'est vrai que tu ne parles pas beaucoup. Tu as toujours été comme ça.

— Non, justement, pendant la séance, je me suis souvenue d'un jour où je devais avoir quatre ans, peut-être un peu moins. Je voulais te raconter ma journée, et tu t'en fichais complètement. Tu étais sûrement fatigué et tu voulais regarder le journal de 20 heures. Tu m'as demandé de me taire, à plusieurs reprises.

— Je ne sais pas, oui, sûrement, je ne me souviens pas.

— En tant qu'adulte, je comprends, mais à ce moment-là, j'ai cru que ce que j'avais à dire était tellement inintéressant qu'il valait mieux que je me taise. J'ai décidé ça, et c'est resté une vérité pour moi, explique Hortense qui sent les larmes lui monter aux yeux.

— Je suis désolé.

— Non... non, je ne t'en veux pas... J'ai compris que tu as fait ce que tu as pu. Mais merci. Merci de t'être excusé... Je sens que ça va m'aider, ça va m'aider à guérir.

Hortense est très touchée que son père l'ait écoutée et qu'en plus il la prenne au sérieux. C'est la première fois qu'elle se confie comme ça à lui, et la première fois qu'elle se sent véritablement comprise et aimée. Pourquoi a-t-elle attendu si longtemps pour s'ouvrir à lui ? Que de temps perdu ! Elle ne veut pas faire la même erreur dans son couple. Elle doit affronter Charles et savoir ce qu'il en est de leur avenir commun. Elle sent, pour la première fois, qu'elle a le courage d'entendre son point de vue.

Hortense marche d'un pas vif. Son père est resté boire un dernier café avant de se remettre au travail. Elle espère trouver Charles avant son départ à l'école de voile. Elle tourne la clé dans la serrure, un demi-tour, la porte s'ouvre… Ouf, il est encore là.

— Ça s'est bien passé avec ton père ?

— Très. Il ne s'est pas moqué, il m'a écoutée sans me couper la parole, et s'est même confié.

— Bravo, ma chérie. Je sais que ce n'était pas facile pour toi de lui parler.

— À propos de pas facile, on peut se parler ? Tu as encore un peu de temps ?

— Oui, oui, je pars dans une demi-heure. Viens, installe-toi à côté de moi.

Hortense rejoint Charles dans le canapé. Il pose sa main sur la sienne.

— Tu sais, je suis inquiète pour nous, notre avenir, notre couple. Si on n'arrive pas à avoir de bébé, qu'est-ce qu'on fait ?

— On n'en est pas là, Hortense, on va y arriver. Enfin, je crois.

— Je ne me sens pas assez soutenue, Charles. Tu dis que tu veux qu'on continue d'essayer, mais tu es fuyant, tu sors tout le temps, on n'a plus parlé bébé depuis des semaines. Je ne suis même plus certaine que tu veuilles encore qu'on en fasse un.

— Tu sais que je n'aime pas parler. Et puis ça sert à quoi, de ressasser les problèmes ?

— À trouver des solutions ?

— Il n'y en a pas. Ça ne sert à rien d'être en couple et de se marier si ce n'est pas pour faire des enfants.

— Quoi ? réagit Hortense, horrifiée.

— Notre but à tous les deux, c'est quand même bien de créer notre famille, non ? Pour moi c'est crucial, sinon ça n'a pas de sens. Alors on continue d'essayer, mais on n'a pas besoin d'en parler tout le temps, sinon, c'est juste plombant.

Hortense reste interdite un instant. Pense-t-il vraiment ce qu'il dit ?

— Tu sais, tente-t-elle, pour moi on est déjà une famille. À nous deux. On a deux bébés dont on doit faire le deuil. On ne peut y arriver qu'ensemble, main dans la main, justement parce qu'on est ce que l'on a de plus précieux l'un pour l'autre.

— Il n'y a pas de bébé. Il n'y en a jamais eu.

— Donc pour toi, ça ne compte pas ce qu'on a vécu ? Ce qu'on traverse, là, c'est quoi ?

— Si, c'est même particulièrement compliqué, mais on ne peut pas dire qu'on a eu des bébés. Concrètement, il y a eu un embryon qui n'a pas marché et une poche vide. Même l'interne à l'hôpital t'a dit de ne pas le vivre comme la mort d'un bébé, et le docteur Giron te l'a confirmé. Tu devrais faire un peu plus confiance aux spécialistes.

— Ceux qui veulent attendre mon prochain fantôme pour m'aider ? Tu n'as rien compris.

Hortense se lève. Elle ne peut plus rester à côté de cet homme qui la déçoit à nouveau. Elle avait pourtant cru, quand ils s'étaient réconciliés, qu'il allait essayer d'être là pour elle. Elle s'était bien trompée.

— Non, je crois bien qu'on ne se comprend pas, fait Charles d'un air ennuyé. Bon… allez, de toute façon, je dois filer. On en reparle plus tard.

CHAPITRE 15

CHARLES SORT DE L'APPARTEMENT un peu sonné. Il ne s'était pas rendu compte à quel point Hortense souffrait et à quel point elle espérait son soutien. Il se sent incapable de la satisfaire, tout juste bon à la décevoir. Lui qui imaginait être son héros, son chevalier, il a l'impression de n'être plus bon à rien. Il n'arrive pas à prendre ce rôle de protecteur rassurant qu'elle semble attendre de lui. Pourtant, il essaie ! Il lui a quand même préparé des petits plats chaque soir quand elle ne voulait pas se lever, il l'a soutenue quand il a fallu qu'elle aille parler avec son père, il a accepté qu'elle claque la moitié de son salaire pour voir une chamane qui est censée l'aider, il a résisté à la tentation d'Angela, il est rentré plus tôt de son escapade à Théoule… Il a l'impression de vraiment beaucoup en faire, et on dirait que pour elle, ça ne représente rien, qu'il faudrait qu'il pleure lui aussi, qu'il fasse semblant de croire à son histoire de bébé mort, non, c'est juste un embryon, non, vraiment, il ne peut pas. Autant il se sent capable d'assurer pour qu'ils soient bien chez eux, que sa famille à venir ait de quoi vivre confortablement, autant laisser sa femme s'épancher sur son épaule lui paraît impossible, improbable. Ponctuellement, pourquoi pas, mais là, ça fait des mois que ça dure. Et si ça prenait la même tournure que chez Boris, son élève du mardi, dont la femme en est au deuxième essai raté de PMA ? Non, il ne se sent pas du tout capable d'affronter encore des mois d'espoir déçu, d'Hortense dépressive. C'est trop pour lui, il n'en peut déjà plus. Il ne sait pas comment se sortir de cette situation. Ils sont mariés, ce n'est pas comme s'il pouvait partir et passer à autre chose. Et puis, c'est la femme de sa vie, elle qui était si rayonnante, si joyeuse, toujours à voir le bon côté des choses. Oui, c'est pour ça qu'il a eu envie de l'épouser, de fonder une famille avec elle, parce que pendant leur premier voyage, ils sont allés faire un road trip sur la route 66 aux États-Unis et, à chaque galère, elle arrivait à rendre les choses légères, amusantes, à transformer les catastrophes en miracles. Comme ce matin où la voiture ne démarrait pas et où elle avait non seulement trouvé un garagiste en deux minutes, mais en plus dégoté un joli hôtel avec piscine pour aller passer la journée. Seul, il aurait bêtement ruminé en attendant au garage. Avec elle, il a passé la journée à plonger et bronzer en sirotant des cocktails au bord de l'eau. Vraiment, Hortense a un pouvoir magique, elle rend tout merveilleux. Mais en ce moment, on dirait qu'elle a perdu ce talent et qu'elle attend de lui qu'il prenne la relève. Il ne sait pas faire ça. Il ne sait plus du tout comment affronter son quotidien.

Arrivé à l'école de voile, il trouve Paul en train de tout ranger.

— Ça va, Charles ? Tu as une petite mine. Il n'y a pas de cours cet après-midi, tu avais posé ta journée pour être avec Hortense, tu as oublié ?

— Oh merde, oui, complètement.

— Allez viens, on va boire un café.

Paul termine de ranger, ferme le verrou, et ils partent s'installer au San Juan.

— J'en peux plus, Paul. Hortense devient invivable. Elle pleure tout le temps, réclame des discussions sérieuses sans arrêt... Hier, elle voulait que je lui dise ce qu'on ferait si on n'arrivait pas à avoir d'enfants. J'en sais rien, moi, je préfère pas y penser. En plus, elle prétend même qu'on est déjà une famille puisqu'on a eu deux enfants qui sont morts. N'importe quoi…

Charles est un peu surpris du tranchant de ses propres propos, mais c'est vrai qu'il se sent tellement mal… Il fallait que ça sorte.

— Elle se débat toujours seule ? demande Paul. Elle a commencé à voir quelqu'un ?

— Oui, une chamane bizarre, un peu voyante, un plan chelou. Ça coûte une fortune, ce n'est pas remboursé, elle en est à sa troisième session et on dirait que ça la fait plus souffrir que guérir. Elle dénoue soi-disant des trucs avec sa famille, des non-dits. C'est bien, mais quel rapport avec le reste ?

— Attends un peu. Laisse couler. Elle a besoin de régler beaucoup de soucis de lignée, on dirait. Ça ne peut pas faire de mal avant de fonder une famille. Et puis laisse-lui le temps de digérer tout ça : un deuil, ça ne se fait pas en deux minutes.

— Mais qu'est-ce que vous avez tous avec ces histoires de deuil ? Personne n'est né, personne n'est mort.

— Pour Hortense, si, manifestement. Tiens-en compte, laisse-la gérer. Si tu ne peux pas la soutenir, arrête de lui mettre la pression, sois au moins un peu plus tendre avec elle.

Charles sent que Paul a raison. Il s'en veut, d'un seul coup, d'avoir été si dur avec sa femme. Lui qui avait juré d'être là pour le meilleur et pour le pire il y a moins de deux ans, il n'est déjà plus capable de tenir sa parole. Il n'imaginait pas pouvoir se mettre à vivre leur relation comme un poids, pas comme ça. Où est-ce qu'il a mal géré ? Il faut qu'il trouve une façon de la soutenir, il ne peut pas la laisser tomber.

CHAPITRE 16

Dora écoute attentivement Hortense, qui a besoin de raconter les rebondissements de ces derniers jours. Puis, sentant qu'elle a terminé de déverser son stress, la chamane intervient :

— Ce serait bien que tu retrouves ta puissance de femme et que tu arrêtes d'attendre de ton homme qu'il comble tes besoins.

Hortense est sciée.

— Mais… c'est son rôle, il me semble.

— Non, c'est à toi d'être entière. Il est là pour te challenger, te faire évoluer, bouger, pas te dorloter. Tu le prends pour ta mère. Ce n'est pas parce que la tienne n'a pas tenu son rôle qu'il est obligé de prendre le relais.

— Mais quand même, il exagère, non ?

— Non. Tes parents sont divorcés ?

— Oui, mais je ne vois pas le rapport.

— Les parents de ta mère sont divorcés ?

— Oui.

— Les parents de la mère de ta mère ?

— Non, mais la mère de mon grand-père, oui.

— Quand il y a des divorces si loin dans les générations, c'est qu'il y a un souci.

Hortense n'avait jamais fait le lien entre ces divorces.

— Qu'est-ce que ça a à voir avec moi ?

— Tu partages par fidélité à ta lignée maternelle une attente puérile envers les hommes et un certain mépris pour eux.

Hortense est blessée, mais sent aussi que Dora est dans le juste : ça vient réveiller des blessures profondes.

— Je te propose qu'on refasse une constellation. Sur ta lignée maternelle, cette fois. Avec pour thème l'amour.

— D'accord, répond Hortense, perturbée par les nouveaux liens qui sont en train de se faire dans sa tête.

— Arrête de réfléchir, sois bien attentive, ici et maintenant. Respire. Lâche. Et allons-y. Prends un objet pour ta mère et place-le où tu veux.

Hortense pose un vase vert près de la fenêtre au fond de la pièce.

— Très bien. Pose un autre objet pour sa mère. Et place-toi aussi.

Hortense hésite, prend un foulard doré, le place sur un fauteuil au-dessus du vase et se met à côté. Elle regarde le vase.

— Bien, lance Dora, je vais aller voir ce qui se passe pour ta mère.

Dora se pose près du vase. Elle semble ressentir une grande tristesse, son visage se ferme.

— J'aimerais m'approcher de toi mais je ne sais pas comment faire, déclare Dora en regardant Hortense. Je me sens incapable. Incapable d'aimer. Je crois aimer mon mari mais je suis sa chose, je ne sais pas faire autrement. Je n'ai jamais appris à aimer, et ça m'agace même d'y penser, je ne veux pas me remettre en question.

Dora s'éloigne du vase et va sur le foulard. Son visage se ferme encore plus. Elle a un air sévère qui rappelle tout à fait à Hortense celui de sa grand-mère maternelle. Elle regarde vers le vase.

— Je n'arrive pas à t'aimer. Je n'arrive pas non plus à aimer mon premier mari, je suis enfermée dans un égoïsme solitaire que je te transmets. Je ne sais pas en sortir. Ça me met tellement en colère que je me referme de plus en plus.

Dora se dégage du foulard, reprend ses esprits et demande à Hortense :

— Place la mère de ta grand-mère, sa grand-mère, son arrière-grand-mère, et ainsi de suite sur sept générations, sur une même ligne que ta mère et ta grand-mère.

Un peu prise de court, Hortense pose des objets divers sur le sol sur une longue ligne.

— Parfait. Tu dois prendre de grands ciseaux imaginaires et couper avec cette lignée de femmes en colère contre la vie, en colère contre les hommes et incapables d'aimer.

Hortense n'en revient pas. C'est exactement le sentiment qu'elle a vis-à-vis de sa mère et du peu de souvenirs qu'elle a de sa grand-mère : des femmes qui ne savent pas aimer. Elle coupe aussi fort qu'elle peut ce lien invisible et répète à voix haute les phrases que Dora lui suggère, malgré l'aspect de plus en plus absurde de la situation – après avoir réconcilié un chat en peluche avec un porte-clés chien et un canard en plastique la dernière fois, cette fois, elle s'adresse à une bougie, une balle bleue, un vase vert, une fleur séchée, une baguette noire, une boîte rose et un foulard doré.

— Je vous rends votre histoire, je ne répète pas vos schémas. Cette haine, cette absence de lien, ce vide d'amour vous appartient. Je choisis de créer mon propre chemin.

En disant ces mots, Hortense a la sensation d'avoir prononcé une formule magique. Comme si dire à voix haute qu'elle était différente de sa mère et de tout son arbre maternel lui avait permis de comprendre à quel point elle était sensible, empathique, ouverte, à l'opposé de cette image figée que lui ont toujours donnée à voir sa mère et sa grand-mère. Comme si s'ouvrait à elle la possibilité d'exister différemment en tant que femme.

— Je peux me permettre d'oser ce que vous n'avez pas osé, et d'aimer plus fort que tout ce que vous auriez pu imaginer. Je vous suis reconnaissante de m'avoir donné naissance, mais je refuse d'être fidèle à votre façon de voir le monde, la vie, l'amour.

Hortense est galvanisée, pleine d'énergie. Elle n'en revient pas que, rien qu'en prononçant ces phrases, elle se sente si libre, comme délestée de façon très palpable.

— Bravo, Hortense, tu as fait un travail magnifique.

Dora semble fière d'elle. Hortense n'a pourtant pas l'impression d'avoir accompli un exploit, c'est plutôt

Dora qui est admirable dans cette histoire. Elle se sent si reconnaissante envers cette femme douce, à l'écoute, douée d'un étrange talent qui lui permet de savoir exactement ce qui ne fonctionne pas chez elle et qui trouve toujours la solution pour la tirer vers le haut.

— Hortense, comme je te l'ai annoncé lorsque nous avons commencé, chaque année, je pars deux mois me ressourcer dans l'arrière-pays, dans la vallée de la Roya. J'y ai une petite cabane où je vis très simplement pour me sentir plus proche de la nature. Je vais partir la semaine prochaine et nous n'aurons pas l'occasion de retravailler avant mon retour.

— On ne peut pas travailler un peu à distance ?

— On pourrait, mais j'ai besoin de cette pause, de m'éloigner de toute forme de contrainte et de technologie. Il n'y a pas l'électricité dans ma cabane – enfin si, mais très peu, j'ai des panneaux solaires qui m'assurent le minimum vital.

Hortense panique complètement : comment va-t-elle faire sans sa chamane ? Elle se sent trahie. Même si elle savait que ce jour arriverait, elle ne l'avait pas anticipé, elle n'avait pas imaginé que cette femme deviendrait si essentielle dans sa vie.

— Ne fais pas cette tête-là, tu pourras me joindre. J'aurai mon téléphone que je ne garde pas allumé, mais dont j'écoute les messages une fois par jour le matin. Au besoin, je te rappellerai. Et je ne te laisse pas dans le vide. Je t'ai préparé un cahier d'exercices à faire pour continuer le travail de ton côté. Comme je te disais, je ne suis là que pour te donner l'élan, te montrer le chemin. Il n'y a que toi qui puisses avancer.

Hortense est sous le choc. Elle acquiesce, mais n'arrive pas à s'imaginer avancer sans sa guide.

— Je sais ce que tu penses, tu crois que tu ne vas pas pouvoir le faire toute seule. Mais tu verras, ces exercices sont puissants et je serai là pour t'aider si besoin. Prends soin de toi, Hortense, on se retrouve à la rentrée, en septembre.

CHAPITRE 17

Pour la première fois depuis des semaines, Hortense est en retard à la radio. Elle a eu une nuit difficile : ses dernières découvertes sur elle-même la font tellement réfléchir et faire de nouvelles connexions qu'elle n'a presque pas dormi. L'idée de devoir gérer tout ça toute seule la perturbe et réveille le fantôme de son syndrome d'abandon. Dora la laisse tomber, comme sa mère quand elle était petite. Pourtant, elle sait bien que c'est différent. Réveillée à la cinquième relance de la sonnerie de son téléphone, elle a eu beau zapper la douche, le petit déjeuner, sauter sur son vélo et foncer, elle est arrivée trois minutes avant l'antenne. Sa patronne appelle ça « son comportement de starlette ». Comme si elle était en retard tous les jours. Ce doit être la quatrième ou peut-être la cinquième fois depuis son embauche, il y a sept ans. Moins d'une fois par an, donc. On ne peut pas dire qu'elle abuse.

Un peu paniquée à l'idée de devoir encore affronter Géraldine Modali, elle prie pour que personne ne remarque rien. Pas de chance, c'est pile le jour où Géraldine a décidé de l'attendre dans le couloir.

— Je vois que tes horaires ont évolué… L'antenne, tout ça, c'est pas si important, hein, Hortense ?

Hortense, qui a appris à gérer sa patronne avec le temps, préfère ne pas répondre. Elle se contente de sourire et se précipite dans le studio où elle sait qu'elle ne peut être suivie.

— Le point infos pratiques avec Hortense Kerdreux.

Mario, l'animateur de la matinale, lui fait signe. Hortense assure sa chronique sans souci, malgré le stress de son arrivée tardive, grâce à une préparation en béton. Elle soupire de soulagement en rendant l'antenne. Soulagement très temporaire puisque Géraldine tape à la vitre pour lui faire signe de venir dans son bureau.

— Hortense, je te sens moins impliquée ces derniers mois. Ton job ne t'intéresse plus ?

— Si, si ! Je traverse une période compliquée niveau perso, entre les fausses couches, les remises en question dans mon couple... J'ai juste besoin d'un peu de répit. D'ailleurs, je voulais poser une petite semaine de vacances le mois prochain, tu crois que ce serait possible ?

— Tu rêves, cocotte. On est en pleine saison, le moment de l'année où il y a le plus d'informations à traiter, ce n'est vraiment pas du tout le moment.

— Mais je ne suis pas irremplaçable.

— Ça, c'est une certitude. Justement, je voulais t'en parler. Puisque tu amènes le sujet et que tu veux te reposer. Tu as vu ces derniers temps que beaucoup de techniciens et de chroniqueurs sont partis. J'ai besoin de réduire l'équipe pour des raisons de budget. Tu es une des plus anciennes, ce qui fait que ton salaire est bien supérieur à ceux des nouvelles recrues. J'aimerais réaliser ton souhait de trouver du temps en te libérant de tes fonctions.

— Tu veux dire que je suis virée ?

— Remerciée, c'est plus élégant. Il faut toujours rester chic, surtout dans les circonstances les plus difficiles.

Hortense pense très fort que Géraldine n'est pas l'incarnation du chic avec ses kilts rouges et ses collants verts, mais elle se garde de parler. Elle a beau ne plus rien avoir à perdre, elle ne veut pas blesser inutilement sa future ex-patronne.

— Mais alors, je dois faire comment ? Je reste jusqu'à la fin du mois ?

— Sûrement pas. Je vais mettre Julie sur ta chronique, elle prendra le relais dès demain. J'ai vu avec la compta pour tes indemnités, il faudra juste que tu passes signer ton solde de tout compte en fin de semaine prochaine.

Hortense est partagée entre la vexation totale et l'envie de crier de joie. Elle a du mal à définir si c'est une catastrophe ou la meilleure nouvelle de l'année. Si elle s'écoutait véritablement, si elle faisait confiance à la vie, elle verrait ça comme une chance extraordinaire. Pour le moment, elle est mitigée.

— Ne reste pas plantée là. Range tes affaires, dis au revoir rapidement et hop, on passe à autre chose.

— Enfin quand même, ça fait plus de sept ans...

— Même pour toi, Hortense, ça vaut mieux comme ça, crois-moi. Tu ne t'épanouis plus ici, ça se voit plus que tu ne l'imagines. Tu as fait du bon boulot au début, mais ces derniers temps, ce n'est plus ça du tout. Je vais encore passer pour la vilaine patronne méchante, mais tu finiras par me remercier, tu verras.

— Non, mais quelques jours de réflexion.

— Inutile, il faut savoir aller de l'avant. Pour tout te dire, ça fait un moment que j'y songe, je ne fais pas ça sur un coup de tête.

— La possibilité de dire au revoir aux auditeurs ?

— Les auditeurs s'en fichent pas mal d'Hortense Kerdreux qui leur indique les petits aléas de leur quotidien. Demain, ce sera Julie Flamant. Pour eux, ça ne change rien, tant qu'ils savent où rouler, quel temps il fera, ce qu'il y a de sympa à faire ce week-end…

— Un pot de départ avec les collègues ?

— Rien ne t'interdit de le faire en dehors des locaux. Ici, je préfère qu'on se concentre sur le travail, lance Géraldine d'un air de défi.

La précipitation de Géraldine à se débarrasser d'elle finit d'humilier Hortense qui entre en mode panique. Et si elle ne trouvait plus jamais de travail ? Si elle était obligée de quitter sa ville adorée ? Si Charles se mettait à la détester encore plus ? Elle se lève, ramasse le peu d'affaires qu'elle laisse habituellement dans le petit bureau commun, puis trouve le courage de dire au revoir à ses collègues qui ne semblent pas très étonnés, les licenciements allant bon train ces derniers mois. Mario, l'animateur, la prend dans ses bras.

— Bon courage Hortense, pas facile de retrouver du boulot par ici. Tu vas nous manquer.

Gilles s'approche :

— C'est vraiment injuste, Hortense, j'ai l'impression que Géraldine se débarrasse de tous les meilleurs.

Hortense sourit, touchée par ces mots qui lui vont droit au cœur.

Le pas lourd, elle quitte le studio, lançant un dernier regard au décor des sept dernières années de sa vie. Elle remonte sur son vélo, glisse ses affaires dans le panier et prend la direction de chez elle. Sur la route, elle réfléchit à tout le temps qu'elle a sacrifié à ce travail peu satisfaisant. En se demandant comment elle a tenu si longtemps sous la pression de Géraldine, elle comprend à quel point elle avait littéralement besoin d'être « entendue ». En particulier par son père. Ce job, c'était une vraie revanche sur la vie, sur tous les « Elle est timide » et les « Articule : on n'entend pas quand tu parles » qu'elle avait entendus dans son enfance. En contrepartie, elle a réussi à supporter l'insupportable. Étrangement, c'est quand elle commence à sortir de la croyance qu'elle ne mérite pas d'être entendue, quand elle arrive à communiquer avec son père, que la vie la libère de ce job.

Ravie de sa réflexion, elle gare son vélo et grimpe quatre à quatre les étages qui la séparent de Charles, partagée entre l'envie de lui faire part de ses pensées et le stress de sa mauvaise réaction possible.

Quand elle le trouve assis dans le canapé, l'air déjà maussade, elle prend peur :

— Qu'est-ce qui se passe, Charles, ça n'a pas l'air d'aller ?

— Non, non, ça va. Tu rentres tôt, aujourd'hui. Il y a grève à la radio ?

— Géraldine m'a virée. Je suis désolée, je n'ai pas réussi à la convaincre de me garder. En fait, je n'ai même pas essayé, tout est allé si vite.

— C'est la meilleure chose qui pouvait t'arriver, ma chérie. Tu sais, il était temps que tu te libères de cette grognasse qui te pourrissait l'existence depuis des années.

Hortense se raidit :

— Tu crois ?

— Oui, vraiment, c'est l'occasion de te réinventer. Tu en avais marre de ce job, ça ne t'épanouissait pas. Et puis, tu pourras prendre ton temps pour réfléchir. Avec l'école qui marche bien, en pleine saison, on peut tout à fait tenir sans salaire de ton côté pendant quelques mois. En plus, tu vas avoir droit au chômage.

— Et si le bébé...

— Pour l'instant, justement, il n'y a pas encore de bébé. C'est l'occasion ou jamais. Après, ce sera plus compliqué.

— Mais si...

— On verra. Profite de l'opportunité, fais une formation, lance-toi dans un domaine qui t'intéresse vraiment.

La perspective d'avoir enfin du temps pour se pencher sur ses envies, ses besoins, prendre du recul et même se former la réconforte à un point qu'elle n'avait pas imaginé. Et le fait que Charles l'encourage est tellement inespéré qu'elle est au bord des larmes.

— Tu serais vraiment d'accord pour...

— Assurer ? Te soutenir ? Bien évidemment.

C'est ce qu'elle espérait entendre de lui, mais il l'avait tellement déçue ces derniers temps qu'elle ne savait plus à quoi s'attendre. Elle a l'impression d'avoir retrouvé son mari. Charles continue sur sa lancée :

— Ne bouge pas, repose-toi un peu. Je te prépare un petit dîner, et on va discuter de tout ça.

Hortense soupire de soulagement. Son cauchemar semble enfin terminé. On dirait que Charles ne lui en veut plus, et elle n'aura plus à affronter quotidiennement l'horrible Géraldine Modali, un double miracle qu'elle n'aurait pas imaginé possible ne serait-ce que deux heures plus tôt.

Charles lui sert un verre de vin rouge et une belle assiette de salade composée. Installé en face d'elle, il semble lui aussi ravivé, comme si quelque chose lui avait redonné espoir.

— Tu sais ce que tu aimerais faire, si tout était possible ?

— Aucune idée.

— S'il n'y avait pas de limite, si tu pouvais tout recommencer à zéro, réaliser un rêve d'enfant, ou d'ado… Tu voulais faire quoi, plus jeune ?

— Rien de spécial. Je ne savais jamais trop quoi répondre à cette question…

— Est-ce que tu aimerais retrouver un job de journaliste ?

— Non, pas vraiment. Enfin si, peut-être, mais pour parler de choses qui m'intéressent.

— Comme quoi ?

— Le bien-être, le développement personnel, les animaux… et en local, il n'y a pas. Il est hors de question que j'aille à Marseille, ou pire, à Paris.

— Travailler avec des animaux ?

— Mmmm… non, j'aurais du mal. Dans un zoo, les garder enfermés me rendrait malade ; dans une clinique, l'idée de les voir malades à longueur de journée me déprimerait.

— Devenir masseuse ? Travailler dans une thalasso ?

— Je ne sais pas, je pense que ce serait trop répétitif. Peut-être dans une optique de santé ? Genre massages thérapeutiques ?

— La santé : pharmacienne ?

— Oh non, études bien trop longues et pénibles.

— Infirmière ?

— Trop peur de la vue des seringues et du sang. Désolée, j'ai l'impression de dire non à tout. C'est pas de la mauvaise volonté, hein.

— Je sais. Et puis au moins, tu sais ce que tu ne veux pas.

— Oui, une patronne méchante, du sang et des études trop longues, on est bien avancés.

Charles rit de bon cœur. Ils trinquent à la nouvelle vie d'Hortense et, s'ils n'avancent pas très efficacement sur sa reconversion, ils se retrouvent au lit et font l'amour avec passion, ce qui ne leur était pas arrivé depuis plusieurs mois.

CHAPITRE 18

Le lendemain, Hortense déjeune avec Ingrid. Il était temps qu'elle puisse raconter à sa meilleure amie les étonnants retournements de situation de ces derniers jours.

— Tu sais, Ingrid, c'est fou, hier en moins de vingt-quatre heures, j'ai perdu mon job et j'ai l'impression d'avoir retrouvé mon homme.

— Un troc gagnant, j'ai l'impression, non ? relève Ingrid avec malice.

Son sourire doux est souligné par son rouge à lèvres bordeaux accordé à sa blouse bleu pétrole. Comment fait-elle pour être toujours aussi parfaite ? Ingrid l'a toujours impressionnée pour ses talents si variés et si visibles au quotidien : elle cuisine tellement bien qu'elle pourrait ouvrir un restaurant, elle est la reine du look sans faute, elle crée un décor magique avec trois détails.

— Oui, ça fait un moment que ça n'allait plus à la radio, mais c'est quand même vertigineux.

— On en avait déjà parlé, ça n'était plus aligné, il fallait que tu changes et tu n'arrivais pas à trouver la force de le faire. La vie t'a juste donné le petit coup de pouce qui te manquait.

Hortense sait que son amie dit vrai mais elle n'arrive pas à avoir confiance en l'avenir, à s'apaiser. Elle a commandé son plat préféré, un tataki de thon, sans pouvoir s'empêcher de culpabiliser car c'est un des plus chers de la carte.

— C'est vrai. Heureusement, en étant licenciée, j'ai un minimum assuré, mais j'ai tellement peur de ne pas trouver ce que je pourrais faire. Je n'ai *aucune* idée de reconversion. Rien, zéro.

— C'est trop tôt, digère, accepte, tu verras, ça va venir. Tu te souviens, il y a trois ans, quand je me suis retrouvée au chômage ? Tu disais que j'allais rebondir, et c'est ce que j'ai fait. Je moisissais, un peu comme toi, dans un job de vendeuse de vêtements. Encore pire, puisqu'il n'y avait même pas le côté « glamour » de la radio.

— Glamour, hum… Avec Géraldine Modali, on était plutôt dans le style vieux campeur écossais.

Hortense n'a jamais compris pourquoi sa patronne portait des collants de couleurs vives avec des kilts en tartan assortis. Pensait-elle qu'on la reconnaîtrait de loin avec un tel uniforme ?

— Cette vipère ! Tu dois être tellement soulagée de ne plus devoir la subir au quotidien.

— Tu n'imagines même pas.

C'est vrai que, depuis qu'elle a quitté la radio, Hortense se sent mieux, plus libre. Elle a ressorti son pull rose doudou qu'elle n'osait plus mettre depuis que Géraldine l'avait traitée de barbe à papa et ses petites bottines perlées d'Amérindienne dont elle s'était aussi moquée en la saluant d'un « Ugh ! Hortense ! » en levant la main pour imiter les chefs de tribus amérindiennes de dessin animé.

— Et tu vois, continue Ingrid, si je n'avais pas été virée de ce job, je serais peut-être encore cette vendeuse malheureuse, toujours à découvert. Au lieu de ça, j'ai monté ma boîte, j'ai organisé douze mariages cette année, j'ai une assistante et je n'ai jamais été aussi heureuse.

Hortense remarque que son amie rayonne. Au-delà de son style impeccable, de ses cheveux parfaitement coiffés en chignon, son regard est pétillant. Hortense la trouve de plus en plus belle et inspirante.

— Oui mais toi, tu es une entrepreneuse, une vraie. Moi, à part parler, et encore, pas devant trop de gens, je ne sais pas faire grand-chose.

— Rappelle-toi, je n'y connaissais rien en mariage ! C'est en me mariant que j'ai vu ce qui n'allait pas, ce dont j'aurais eu besoin et que je n'ai pas trouvé. J'ai eu tellement de mal à organiser une belle cérémonie avec du sens, mais pas plombante. Quelque chose de joli, simple et joyeux. Je n'aurais jamais pensé que ce serait une telle série de difficultés, et pourtant je les ai toutes surmontées. Alors, ça m'a donné l'idée de me lancer.

— C'est vrai… Alors je n'ai qu'à… Attends, qu'est-ce que j'ai fait de bien récemment ? Hum, je sais ! Je pourrais organiser des enterrements de fœtus ? lance Hortense, ironique.

Le serveur, l'air un peu gêné, sert une mousse au chocolat à Ingrid et une crème caramel à Hortense. Son délicieux parfum de vanille dissipe sa bouffée d'angoisse à l'évocation de ses déboires maternels.

— Et pourquoi pas ? Sinon, essaie de voir ce qui t'a manqué quand tu as perdu ton bébé. Ce que tu aurais aimé trouver comme soutien à ta deuxième fausse couche.

— Quelqu'un à qui en parler ? Des infos ? Non ! Je sais : le pire, c'est cette impression de n'avoir aucun rôle. Tu ne peux rien décider : le fœtus arrive ou pas, il reste ou pas, quoi que tu manges, fasses, dises, ça n'apporte rien, le néant. C'est ça qui m'a le plus manqué, la sensation d'avoir du pouvoir sur la situation.

— Là, tu tiens un truc ! Apprendre aux femmes à reprendre le pouvoir quand il leur arrive un pépin de grossesse ? Voire de santé ? Il y a clairement un manque à ce niveau-là. En gros, on a les médecins, un seul discours, et quand ils n'ont pas de solution, on se retrouve avec la peur de tomber sur un charlatan. Et du coup, souvent, on ne fait rien, on subit. Mais toi, tu as fait autrement, tu te bats.

— Sans grand résultat pour l'instant.

— Apparemment si. Tu ne me disais pas à l'instant que ça allait mieux avec Charles ? Déjà, éviter l'explosion de ton couple dans des circonstances pareilles, ça mériterait une médaille, je trouve.

Hortense a déjà dévoré sa crème et se retient de boire le caramel directement au pot. Ingrid, elle, savoure doucement sa mousse.

— Rien n'est gagné pour l'instant, mais c'est vrai que je retrouve le Charles d'avant les fausses couches. Comme s'il avait eu une révélation. C'est très étrange.

— À mon avis, rien d'étrange. Il sent que ça bouge pour toi, que tu changes, que tu évolues, et il ne veut pas faire partie de la prochaine benne pour la déchetterie, comme ton job.

Hortense et Ingrid sont prises d'un fou rire.

— Bon, parlons de choses sérieuses, reprend Ingrid. Je n'arrive pas à trouver un prénom pour mon bébé. C'est dramatique. Raoul a une liste de prénoms tout pourris, et moi, j'ai zéro inspiration. Tu veux bien m'aider ?

Hortense blêmit et passe du rire aux larmes sans rien pouvoir contrôler.

— Oh pardon, je suis vraiment maladroite s'écrie Ingrid, je n'aurais pas dû en parler !

— Non, non, on est amies, il n'y a pas de sujet tabou entre nous. Je suis encore à fleur de peau avec tout ça. La dernière fois que j'ai dû choisir un prénom, c'était pour Camille, mon premier qui est parti si vite. Et puis je n'ai même pas pu le faire pour ma deuxième fausse couche, vu qu'il n'y avait même pas d'embryon… Tu te rends compte, s'il y en avait eu un, on aurait été enceintes toutes les deux en même temps.

Comme pour se donner du courage, elle prend le ramequin de crème et avale d'un coup le caramel, puis le repose, un peu inquiète, guettant les regards réprobateurs. Ouf, on dirait que personne n'a rien remarqué, sauf Ingrid que ça fait sourire.

— Et du coup, on n'aurait même pas pu se refiler les robes de grossesse, les bonnes adresses, les bons praticiens… lance-t-elle. Non, franchement, tu as tout bon : tu vas faire de grosses économies de temps et d'argent grâce à mon expérience, et on aura quand même des enfants qui pourront jouer ensemble.

— Ça, on n'en sait rien.

— J'en suis sûre, Hortense.

CHAPITRE 19

Hortense profite du fait que Charles soit sorti avec des amis pour faire le premier exercice proposé par la chamane. Elle doit visualiser ses parents un par un dans un fauteuil vide, placé en face d'elle, et leur dire tout ce qu'elle a sur le cœur sans aucune censure. Elle ne doit rien filtrer et surtout ne pas leur chercher d'excuses, il faut que tout sorte. C'est un exercice difficile.

Elle commence par fermer la fenêtre : le bruit des voitures qui passent la déconcentre. Elle allume un bâton d'encens. Cette odeur, qui lui rappelle son enfance, lorsqu'elle entrait dans les églises avec sa grand-mère pour y allumer un cierge, l'apaise instantanément. Elle s'installe enfin devant le siège vide. Elle se sent un peu ridicule là, face à rien. Puis elle repense au rien qui a poussé dans son ventre et trouve le courage de se lancer.

Elle se concentre, essaie de visualiser sa mère comme si elle était assise là. Elle voit son regard bleu acier, ses cheveux parfaitement lissés d'un blond brillant, son corps anguleux, elle sent presque réellement sa présence. Dora conseille, pour se lancer, de commencer par « Maman, j'aurais voulu… » et de laisser venir ce qui se présente sans chercher à contrôler.

Hortense ose :

— Maman, j'aurais voulu que tu me prennes dans tes bras plus souvent, que tu me regardes comme si j'étais un miracle, une merveille, une chance, un diamant d'amour, que tu me dises sans cesse que tu m'aimes et que tu me couvres de baisers. J'aurais voulu que tu me consoles, que tu m'écoutes, que tu sois attentive à mes besoins. J'aurais voulu jouer avec toi aux poupées, aux jeux de société, aux billes, à n'importe quoi tant que tu te serais assise avec moi dans ma chambre. J'aurais voulu que tu me préviennes que tu allais partir, pas que tu disparaisses du jour au lendemain. J'aurais voulu que tu m'apprennes à me maquiller, que tu me montres comment poser mon vernis, que tu sois là pour me conseiller sur mon look. J'aurais voulu qu'on aille au cinéma toutes les deux, qu'on rigole, qu'on se prête des livres qu'on a aimés, qu'on passe du temps ensemble, qu'on soit complices, qu'on s'amuse. J'aurais voulu qu'on fasse les essayages de ma robe de mariée ensemble, que tu en essaies aussi, qu'on joue comme des petites filles à se déguiser dans les cabines. J'aurais voulu qu'on se tienne la main dans la rue, que tu me présentes fièrement à tes copines, que tu m'emmènes boire un thé avec elles. J'aurais voulu que tu me montres que c'est avec regret que tu m'as laissée quand tu es partie. J'aurais voulu que tu te démènes pour te faire pardonner, que tu m'offres des montagnes de trucs inutiles juste pour me témoigner que tu penses à moi, que tu m'aimes, que tu es un peu là à travers tous ces objets absurdes. J'aurais voulu qu'on planifie nos futures vacances, qu'on prenne des risques, qu'on aille dans des endroits imprévus, étonnants. J'aurais voulu que tu m'admires, que tu reconnaisses mon courage, mes exploits, mes idées, que tu me trouves profonde, passionnée. Que tu écoutes mon émission de radio, que ça t'intéresse même s'il ne s'agit que d'informations de la vie quotidienne. J'aurais voulu que tu me comprennes, que tu sois à mes côtés quand je doute, que tu me rassures quand je ne sais plus, que tu me protèges, que tu m'offres un filet de sécurité. J'aurais voulu que tu me prépares des petits plats, des gâteaux, des biscuits avec les recettes de ta maman ou de ta grand-mère pâtissière. J'aurais voulu que tu connaisses par cœur la liste de tout ce que j'aime et que tu le prépares quand je viens te voir. J'aurais voulu que tu me glisses un billet de 20 euros dans la poche en me disant : « Achète ce que tu veux. » J'aurais voulu qu'on prenne des cours de danse ensemble, que tu sois un modèle, un exemple à suivre. J'aurais voulu que tu me parles de ton projet de chirurgie esthétique et qu'on en rigole. J'aurais voulu que tu viennes me voir à l'hôpital quand j'ai eu mon accident de voiture, et les deux fois où j'ai perdu mes futurs bébés. J'aurais voulu que tu donnes à tes futurs petits-enfants tout ce que tu ne m'as pas donné : amour, attention, temps, considération.

Hortense pleure, elle prend la mesure de toute cette attente béante de l'amour maternel qui lui a manqué, de la profondeur de sa blessure qu'elle n'avait jamais pris le temps de regarder en face. Suivant les conseils de Dora, elle continue l'exercice par des affirmations d'auto-guérison :

— Je me donne tout l'amour dont j'ai manqué. Je m'offre toute l'attention que j'attendais de toi. Je m'offre tout ce dont j'ai besoin et je n'attends plus rien de toi.

Elle conclut comme indiqué dans le cahier par un rituel hawaïen de pardon : « Ho'oponopono ».

— Désolée, pardon, merci, je t'aime.

Hortense a du mal à prononcer ces mots. Elle n'est pas sûre d'être désolée. Elle relit l'explication : Ho'oponopono est une méthode de l'antiquité hawaïenne qui permettait de ne pas rester fâché avec son prochain, ce qui, sur une île, est vital. Le mot « Ho'oponopono » signifie « corriger ce qui est erroné », en soi : nettoyer son passé, ses croyances, pour faire la paix avec soi et autour de soi. « Désolé » pour la tristesse face aux dommages collatéraux. « Pardon » pour prendre sa part de responsabilité et pour réparer. « Merci » pour l'expérience vécue et la croissance intérieure qu'elle a provoquée. « Je t'aime » pour ouvrir le cœur. Hortense, un peu plus convaincue, retente un plus authentique :

— Désolée, pardon, merci, je t'aime. Désolée, pardon, merci, je t'aime. Désolée, pardon, merci, je t'aime.

Prononcer ces mots, en les répétant comme un mantra, produit en elle une certaine joie. La tristesse s'est éloignée. La session avec sa mère est terminée, elle a réussi son exercice.

Elle appelle maintenant son père sur le fauteuil qui lui fait face. Hortense le visualise bien, lui aussi, avec ses lunettes rondes, son regard tendre, son costume à l'ancienne, ses mocassins chic. Sa présence est si forte que ça la perturbe un peu. Elle repense à sa phrase de lancement, « J'aurais voulu ». Les mots ont du mal à venir. Ce père qui n'a pas été très présent a quand même assuré son rôle, elle n'a jamais manqué de rien, elle a du mal à lui faire des reproches. Puis elle se souvient de l'indication de la chamane : « Ne lui trouve pas d'excuses, lâche ce que tu as besoin d'exprimer. » Alors elle se concentre très fort et se lance :

— Papa, j'aurais voulu que tu m'écoutes, que tu joues avec moi, que tu fasses des choses toutes simples comme me réserver cinq minutes à ton retour pour qu'on se parle. J'aurais voulu que tu m'offres moins de jouets à Noël mais que tu me prennes plus souvent dans tes bras. J'aurais voulu que ton travail occupe moins de place et moi un peu plus. J'aurais voulu que tu ne te moques pas de moi, car j'étais fragile et ça me peinait beaucoup. J'aurais voulu que tu sois plus compréhensif, plus attentif, que tu me fasses confiance. Adolescente, j'aurais aimé que tu voies que je n'étais pas bien, que j'étais perdue, j'aurais aimé que tu m'indiques la direction à prendre, que tu me conseilles pour mes études, que tu t'impliques pour comprendre pourquoi j'étais tout le temps si triste. J'aurais voulu moins de baby-sitters et plus de vie à la maison. J'aurais voulu que tu acceptes qu'on ait un petit chat. Chaque année à Noël, petite, je t'ai demandé un chat pour seul cadeau, chaque année j'ai eu une montagne de poupées inutiles. J'étais tellement en manque de câlins. J'aurais voulu que tu m'aides à avoir confiance en moi, que tu me montres le mode d'emploi pour être à l'aise en société comme toi. J'aurais voulu que tu sois fier de moi et que tu dises devant moi à tes amis comme j'étais ton rayon de soleil. J'aurais voulu qu'on passe plus de temps à parler et moins à regarder l'anxiogène journal de 20 heures. J'aurais voulu que tu t'adaptes plus à moi, que tu changes tes horaires pour moi, plutôt que de me transformer en mini adulte et me faire dîner à l'espagnole. Je sais maintenant que je n'ai pas tant que ça à te reprocher, mais je me suis sentie seule, si seule, toute mon enfance. Je me suis sentie ridicule, misérable, méprisable, car dans ton regard et dans tes mots, je sentais plus d'agacement que d'intérêt, j'entendais plus de moqueries que de compliments, je recevais plus de reproches que de félicitations. Toute ma vie, à cause de ça, je n'ai pas osé, j'ai eu peur de déranger, j'ai voulu être discrète, humble, cachée, je n'ai pas assumé mes goûts et mes besoins qui me semblaient risibles. J'en ai marre, je ne veux plus m'effacer, je veux enfin exister. Alors peu importe ton avis, tes moqueries, ton manque de confiance en moi, je décide d'assumer, de dire au monde qui je suis, d'arrêter de me cacher !

Hortense arrache une page du cahier et en fait une boule qu'elle envoie contre le mur en hurlant. Ridicule, mais tant pis, il fallait que ça sorte. Elle se met à sauter, envoyer des coups de poing en l'air, des coups de pied. Elle part dans une danse extatique ; son corps a besoin de ce mouvement, il faut qu'elle aille au bout, et tant pis si Charles rentre et la surprend. Dix bonnes minutes plus tard, essoufflée, elle finit par revenir s'asseoir en face du fauteuil. Quelque chose de doux l'enveloppe, comme un cocon. Du soulagement et de la fierté, beaucoup de fierté.

— Désolée, pardon, merci, je t'aime.

Cela sort beaucoup plus facilement que pour sa mère. Elle reprend comme un mantra :

— Désolée, pardon, merci, je t'aime. Désolée, pardon, merci, je t'aime. Désolée, pardon, merci, je t'aime.

Épuisée, elle range le cahier, monte se coucher dans la mezzanine et s'endort instantanément.

CHAPITRE 20

Hortense s'étire. Charles dort à côté d'elle. Elle s'extrait discrètement du lit pour ne pas le réveiller, il a dû rentrer très tard de sa soirée.

Elle descend la petite échelle et allume la bouilloire pour se faire un thé. Sur la table, son téléphone vibre. Elle le prend vite pour le mettre en mode silence et tombe sur un message de « Angela ». Qui est Angela ? C'est bizarre, elle ne connaît personne de ce nom-là…

« Merci pour la soirée d'hier, j'ai adoré notre moment magique. Meilleur orgasme ever. »

Hortense s'assied dans le canapé. C'est forcément une erreur. Elle regarde encore et comprend que c'est le portable de Charles qu'elle tient, pas le sien. Elle vacille. Elle relit le message comme pour le rendre réel, tant elle n'arrive pas à y croire. Hortense a toujours fait confiance à Charles, elle ne s'est jamais inquiétée de ses soirées entre potes, de ses escapades en bateau le week-end, de ses randonnées à vélo ou à pied. Pour elle, ils se sont mariés, juré fidélité, choisis. Ils sont ensemble depuis à peine cinq ans, mariés depuis moins de deux ans, il n'y avait pas de raison de se faire du souci. Elle n'aurait jamais imaginé qu'il puisse la tromper. Jamais. Même avec la preuve sous les yeux, elle n'arrive pas à adhérer complètement à l'idée. L'ampleur de l'onde de choc est telle qu'elle ne parvient pas à se relever. Elle est comme collée au canapé.

Hallucinée, elle essaie de reprendre ses esprits. Sa vie est devenue une absurde comédie de boulevard. Elle n'ose même pas penser aux conséquences : s'ils se séparent, ils n'auront pas de bébé. Pourra-t-elle un jour lui refaire confiance ? Faire confiance à un autre ? Elle se sent condamnée, foutue, reléguée au rang des délaissées, trop moche, trop âgée, future vieille fille dépressive sans descendance.

Il lui faut une explication. Elle doit le réveiller. Elle se lève puis retombe sur le sofa. Non, elle a besoin de prendre du recul. Il n'y a pas d'explication. Il l'a trompée, c'est tout ce qu'elle a besoin de savoir. Elle va aller mettre le feu à son voilier. Oui, c'est ça, c'est la meilleure chose à faire. Elle se lève, retient les larmes qui lui viennent. Non, elle ne peut pas. Démolir ses affaires, ce serait comme renoncer, déjà. C'est lui, elle doit lui arracher les yeux. Non, c'est cette Angela, qui est-elle ? Où vit-elle ? Non, garder le cap. Aller voir Ingrid, elle saura quoi faire.

Hortense s'habille à la va-vite et laisse le téléphone au centre de la table, ouvert sur le message. Elle ne peut s'empêcher de laisser un mot à côté : « Adieu ». Elle claque la porte en sortant et monte sur son vélo.

Ingrid était manifestement en train de dormir : les cheveux en pagaille, la nuisette froissée, la trace de son oreiller sur la joue.

— Pardon, pardon, Ingrid. Charles me trompe, je ne savais pas où aller.

Hortense s'effondre en larmes dans les bras de son amie.

— Qu'est-ce qui s'est passé exactement, Hortense ?

Hortense, entre deux spasmes de sanglots violents, essaie de lui expliquer sa découverte.

— Un message, son téléphone, une Angela qui le remercie pour un orgasme hier…

— Qu'est-ce que tu faisais avec son téléphone ? Tu soupçonnais quelque chose ?

— Pas du tout, je l'ai pris par hasard en pensant que c'était le mien.

— Il n'y a pas de hasard. Tu faisais quoi, toi, hier soir ?

— J'ai fait des exercices de Dora. Ça m'a fait un bien fou, j'étais si légère ce matin, et là… Je n'aurais jamais imaginé. Me tromper ? Mais pourquoi ? Ça fait à peine cinq ans qu'on est ensemble, c'est pas comme si on était mariés depuis vingt ans et qu'il s'ennuyait. Je ne comprends pas, il ne peut pas être déjà lassé ? Si ?

— Ça n'a rien à voir avec toi.

— Comment ça ? S'il me trompe, c'est bien que je ne lui suffis pas, non ?

— Pas forcément. C'est peut-être une réaction à ce que vous avez traversé avec les fausses couches.

— Mais pourquoi maintenant ? Quand on commence à aller mieux ? Est-ce que mon évolution personnelle doit forcément passer par la case divorce ?

— Comme tu y vas. Tu devrais trouver un moyen de travailler sur toi, t'isoler, faire le point loin de lui, voire loin de la ville. Une retraite ? Un vipassana ? Tu vois, quelque chose dans cette idée-là, histoire de te recentrer et de le laisser mariner dans son truc, voir comment il va s'en sortir.

— Tu crois qu'on peut surmonter ça ?

— Bien sûr ! Tu sais, Raoul m'a déjà trompée, on s'en est sortis. Ça n'a pas été simple, aujourd'hui encore ça vient me chercher et m'angoisser, mais on a survécu à ça.

— Tu as réussi à lui faire confiance ?

— Pas aveuglément comme avant, mais oui, petit à petit.

— Je ne pense pas pouvoir y arriver.

— Alors lâche-le. Mais prends quand même au moins dix jours de réflexion avant de décider quoi que ce soit.

— Plus de job, plus de mec, plus de bébé, tout est foutu.

Hortense s'effondre en larmes. Elle ne voit pas comment il pourrait y avoir une issue positive à cette situation, elle d'habitude si optimiste. Soudain, une lueur d'espoir. Elle repense aux paroles de Dora, à sa retraite dans la montagne. Il faut qu'elle aille la rejoindre.

— Ingrid, je vais aller rejoindre Dora, c'est ça la solution.

— Appelle-la.

— Je fonce, je l'appellerai en chemin.

— Tu sais où elle est ?

— Vallée de la Roya, je vais m'en approcher et on verra bien. Je file prendre la voiture avant que Charles ne se réveille, je n'ai pas du tout envie de le croiser.

Hortense roule vite sur l'autoroute deux voies qui la rapproche de la chamane. Elle se sent un peu nauséeuse et a de plus en plus de mal à se concentrer. Au bout d'une trentaine de minutes, après avoir dépassé Menton, elle s'aperçoit qu'elle a complètement oublié d'appeler Dora pour savoir où se rendre.

Elle s'arrête dès qu'elle peut et en profite pour prendre l'air. Sur le bord de la route, elle est prise d'un spasme qui la fait vomir. Elle boit un peu d'eau, essaie de se remettre de ses émotions et prend son téléphone pour essayer de joindre Dora. Miracle, ça sonne !

— Hortense ! Quelle synchronicité, je viens d'allumer mon téléphone à l'instant. Que se passe-t-il ?

Hortense sanglote tant qu'elle n'arrive pas à parler.

— Respire, Hortense. Ça a l'air grave, essaie de dire juste un mot.

— Trahie… Charles, arrive à articuler Hortense.

— Charles est infidèle ? Tu es où, là ?

— La route, sort Hortense avec un effort monstrueux.

— Tu es en voiture, Hortense ? Tu es en état de conduire ?

Hortense n'arrive pas à répondre, à nouveau emportée par un tsunami de larmes.

— Rejoindre, finit-elle par dire.

— Tu veux me rejoindre ? Écoute, je veux bien que tu viennes si tu ne sais pas où te réfugier, on avisera. Je t'envoie les coordonnées GPS en message.

Bluffée par la réactivité de Dora et rassurée d'avoir un point de chute, Hortense commence à se détendre. Elle entre les informations dans son appareil et est soulagée de voir qu'elle est à moins d'une heure de route. Puis elle appelle Ingrid qui doit s'inquiéter.

— Hortense, où es-tu ? Tu as eu Dora ?

— Sur la route. Oui, elle est d'accord. Ingrid, je suis malade.

— Qu'est-ce qui t'arrive ?

— Nausée, j'ai même vomi dans le fossé, la honte. On a dû manger un truc pas frais.

— Non, moi ça va. Tu es sûre que tu n'es pas enceinte ?

— Non, c'est impossible. Et puis, j'ai eu mes règles.

— Tu ne t'es pas réconciliée avec Charles il y a trois jours ?

— Oh merde. Oh non, Ingrid, ce serait le pire timing.

En roulant, Hortense a tout le temps d'échafauder des théories. Si elle est enceinte, elle gardera le bébé. Impossible d'envisager d'avorter après en avoir déjà perdu deux. Depuis le temps qu'elle l'attend, elle l'aura, avec ou sans Charles. Elle se sent incapable de faire ça seule. Elle n'a même pas une mère digne de l'aider, ni même une copine pour prendre le relais : Ingrid sera déjà bien trop occupée avec son propre enfant. Quel cauchemar, pourquoi maintenant ? Mais non, vraiment, elle ne peut pas imaginer ne pas le garder. Oui, elle le gardera et elle l'élèvera seule. Après tout, des milliers de femmes font ça tout le temps. Pourquoi pas elle ? Elle pleure à l'idée de devoir tout affronter sans aucun soutien, elle pleure de porter un enfant de l'homme qu'elle aime mais qui l'a trahie. Elle pleure de l'ironie de la vie, se retrouver enceinte juste au moment où elle envisage de ne plus jamais revoir Charles, consciente du lien éternel que cela créera entre eux, quelle que soit la suite de leur histoire.

Perdue dans ses pensées, elle manque de rater la sortie puis ralentit sérieusement le rythme, la route étant un peu trop sinueuse pour se permettre de faire n'importe quoi.

CHAPITRE 21

— Ingrid, ouvre-moi, je sais qu'Hortense est là !

Charles entend Ingrid lui répondre de l'autre côté de la porte :

— Elle n'est pas là.

— Ouvre-moi, s'il te plaît, elle ne peut être que chez toi.

Le battant s'ouvre sur Ingrid. Charles la bouscule et fonce dans le salon. Pas d'Hortense. Il ouvre la porte de la chambre, pas d'Hortense.

— Tu vas fouiller sous mon lit ou tu te décides à m'écouter ? demande Ingrid, ironique.

— Ingrid, j'ai peur qu'elle fasse une bêtise.

— Elle n'est pas complètement idiote non plus. Elle est sous le choc de ta trahison, laisse-lui un peu de temps. Et puis, qu'est-ce qui t'a pris de la tromper ? Tu ne crois pas que vous traversez assez de problèmes comme ça ?

Charles ne sait pas quoi répondre. Tromper, tromper, c'est un bien grand mot. Il s'est contenté de prendre du plaisir là où il en a trouvé, il n'imaginait pas que ça aurait la moindre conséquence.

— Tu pensais peut-être qu'elle ne le saurait jamais ? Tu sais, on finit toujours par le découvrir, et pas forcément au meilleur moment.

— Qu'est-ce que tu veux dire par là ?

— Rien, laisse tomber. Mais franchement, à quoi tu pensais ?

— Hortense pleurait tout le temps, elle ne voulait plus jamais rien faire. Angela était de passage, je me suis dit que personne ne se rendrait jamais compte de rien. J'avais besoin d'un peu de plaisir, de lâcher prise, j'ai craqué.

— Alors, « pour le meilleur », ça va, mais « pour le pire », il n'y a plus personne ? Pourquoi tu t'es marié, si tu voulais garder tes privilèges de célibataire ?

— Pour fonder une famille, et c'est mal parti.

— C'est tout ce que tu attends de ton mariage ?

— C'est très important pour moi, se rattrape maladroitement Charles. De toute façon, la vie ne semble pas vouloir aller dans cette direction.

— Peut-être que si, mais il va falloir trouver un moyen de te faire pardonner, et ce n'est pas gagné.

— Comment ça ?

Ingrid, les bras croisés, le jauge un instant. Puis elle lâche :

— Va retrouver Hortense, je pense qu'elle est enceinte.

— Enceinte ? s'étrangle Charles.

— Dépêche-toi, elle est chez sa chamane, Dora.

— Je n'ai pas l'adresse…

Ingrid, agacée, ouvre la porte de sa maison.

— Moi non plus. Allez, débrouille-toi, je ne vais pas non plus te commander un Uber, hein ?

Charles, décontenancé, remonte sur son vélo. Une lueur d'espoir renaît : si Hortense est enceinte, tout est encore possible. Il faut qu'il la retrouve et la convainque de lui donner une chance. Il consulte son téléphone et tape dans la barre de recherche : « Dora chamane Nice ». Le premier résultat donne une adresse en plein centre, pas très loin de la boutique du père d'Hortense. Il fonce.

CHAPITRE 22

HORTENSE SE GARE. La maison est encore plus petite que ce qu'elle avait imaginé. Elle se donne du courage en se disant que rien ne peut être pire que de rester chez elle en ce moment.

Dora sort pour l'accueillir :

— Hortense !

Hortense lui saute dans les bras et pleure, tout en ayant honte de se montrer si familière avec cette femme qu'elle connaît finalement si peu. Dora n'a pas l'air choquée ; au contraire, elle la garde longtemps contre elle.

— Viens, je vais te servir une infusion.

Dora allume un réchaud au gaz. La pièce est toute petite. Il ne semble pas y avoir de chambre. Hortense s'en veut un peu de s'imposer comme ça.

— Ne t'inquiète pas, Hortense, j'ai une tente. Il fait bon, je dormirai dans le jardin et toi, tu pourras prendre le canapé-lit.

— Mais je…

— Si tu es instinctivement venue vers moi, c'est que j'ai aussi quelque chose à apprendre de cette histoire. Tu sais, on continue toute sa vie à travailler sur soi. Je n'ai jamais partagé ce lieu. Il est probablement temps que j'évolue, que j'apprenne à me ressourcer même quand je ne suis pas seule, que je reprenne conscience que mon vrai refuge est en moi et non à l'extérieur. Chaque contrariété est riche en leçons. Quand on refuse d'apprendre ou qu'on se révolte, la vie nous en envoie d'autres, plus violentes, jusqu'à ce que l'on accepte et que l'on bouge vraiment à l'intérieur.

Hortense est étonnée de la façon que Dora a de voir l'existence. Comme si chaque événement était une occasion de changer, de se remettre en question, de revoir ses croyances, ses habitudes. Ça a l'air épuisant comme mode de vie, et en même temps tellement plus joyeux que de râler ou lutter. Elle aime beaucoup l'idée que le quotidien soit un genre de jeu de piste, avec des indices, des défis, des épreuves qui nous demandent d'évoluer pour réussir à les dépasser.

— Si on voyait un peu les aspects pratiques tant qu'il fait jour ? Tu as pris des affaires ?

— Juste ce petit sac, je ne sais pas trop ce que j'ai mis dedans. Je l'ai fait très vite et à moitié dans le noir pour ne pas réveiller Charles.

— Ça va aller. Tu vois, ici, on n'a vraiment besoin de rien. Deux hauts, deux bas, deux culottes, deux paires de chaussettes et un gros gilet bien chaud le soir. Vérifie que tu as au moins cette base.

— Oui, j'ai ça, même un peu plus, mais gros problème : je n'ai pas pris de trousse de toilette.

— Pas de souci, ici, on se lave à l'eau de la rivière avec du rhassoul, pour ne pas abîmer la nature. J'en ai plusieurs bocaux.

— À l'eau froide ?

— Non, j'ai une douche solaire. Bon, à deux, il va falloir y aller mollo sur la consommation, mais ça ira.

— Mais et les dents ? J'ai ni brosse, ni dentifrice, du coup…

— Besoin de rien. J'ai de la poudre de siwak pour les dents, et j'ai deux brosses, je peux t'en donner une.

— De la poudre de quoi ?

— Siwak. C'est une plante ayurvédique qui désinfecte et purifie.

— Et le déo ?

— J'ai du bicarbonate, je te montrerai comment t'en servir. Tu vois, Hortense, on peut survivre sans trousse de toilette ! Après, si tu ne le sens pas, je te propose d'essayer quarante-huit heures et on avise. On pourra toujours commander ce qui te manque par téléphone.

— Qui livre ici ?

— Ici, personne, mais la supérette du village d'à côté fait point relais. Si on peut éviter, c'est mieux, mais si tu en as vraiment besoin, c'est faisable. Bon, parlons un peu des règles de vie.

Hortense est un peu déçue, elle espérait qu'elle pourrait enfin raconter à Dora son immense désillusion. Rien que d'y penser, les larmes lui montent aux yeux.

— Pleure si tu as besoin de pleurer, ne te retiens pas pour moi. Ici, tu es libre.

— Non, ça va aller. Tu as raison, voyons les aspects pratiques, ça va me rassurer d'avoir un cadre.

— Très bien. Je te propose que ce séjour soit une opportunité d'évolution intérieure conséquente. Pour cela, trois choses : j'ai besoin que tu t'engages à travailler sur toi de façon intense, que tu lâches le plus possible tes habitudes et tes croyances, et enfin que tu ailles au bout des deux mois de retraite avec moi. Je ne te ferai rien payer, mais tu devras participer non seulement aux tâches liées à la maison, mais aussi aux rituels et aux méditations.

Hortense n'en revient pas de sa chance : la personne qui est le plus apte au monde à l'aider l'accueille à bras ouverts, mais en plus va l'accompagner pour qu'elle remonte la pente, sans rien lui demander.

— Maintenant, raconte-moi ce qui t'arrive.

Hortense raconte tous les derniers rebondissements suite aux exercices de libération de la parole : la tromperie de Charles, la probabilité qu'elle soit enceinte.

— Tu as besoin de retrouver ta puissance intérieure. Tu ne peux pas affronter tout ça en te comportant en petit chaton effrayé. Je te propose de te faire faire un voyage chamanique à la rencontre de ton animal allié.

— Qu'est-ce que c'est ?

— Un soutien, un guide intérieur. Ne cherche pas trop à intellectualiser. Viens, on va se mettre dehors près de mon arbre. Contente-toi de suivre mes instructions et tout se passera bien, c'est comme une séance d'hypnose un peu plus intense.

Hortense a peur, mais elle s'est engagée à aller au bout. Alors elle s'assied sous l'arbre, sur un tapis de yoga, et ferme les yeux.

— Je vais faire chanter mon tambour pour te mettre dans un état de transe qui va te permettre de rencontrer ton guide intérieur, ton animal allié. Pour cela, tu vas d'abord visualiser une grotte, ou un trou. Le mieux, c'est de choisir un endroit que tu connais. Si tu n'es jamais descendue sous terre, tu peux imaginer. Il faudra simplement qu'à chaque voyage, tu utilises cette même image. Quand tu vois la grotte, tu entres dedans puis tu descends, le plus longtemps possible, le plus profond possible. L'idée est d'aller dans le « monde d'en bas ». Tu sauras que tu es arrivée quand la descente s'arrêtera. En descendant, mets bien l'intention de rencontrer ton animal allié. Si tu vois quoi que ce soit lié à la présence humaine, c'est que tu n'es pas descendue assez. Dans le monde d'en bas, c'est la nature sauvage, pas de constructions, pas de modifications. Une fois en bas, marche, avance dans le paysage, sois attentive à tes cinq sens. Peut-être que tu ne verras rien mais que tu sentiras une odeur, ou que tu auras un goût dans la bouche. Le contact avec ton animal peut être très subtil. Quand tu entendras mon tambour changer de rythme, c'est qu'il sera temps de revenir. Tu es prête ?

— Euh, oui, dit Hortense, assez impressionnée.

Dora tape sur son tambour, un rythme régulier, berçant. Cela donne presque envie à Hortense d'onduler, elle bouge sans même s'en apercevoir. Elle visualise une grotte en Espagne qu'elle avait visitée avec sa grand-mère, Rose, quand elle était petite. Elle y descend, puis repère une ouverture. Lorsqu'elle s'y glisse, elle tombe dans un grand trou comme Alice au pays des merveilles. Elle flotte, puis elle nage dans la terre pour descendre encore plus bas. Enfin, elle se sent glisser comme sur un toboggan. Elle sent l'odeur de la terre, passe sous de grandes feuilles vertes, glisse encore, vers le haut cette fois, puis se pose, comme suspendue sur une branche.

Elle appelle son animal. Rien. Elle regarde autour d'elle et voit la queue d'un serpent. Effrayée, elle a un mouvement de recul, puis elle devine qu'elle est un serpent. Un immense reptile vert et violet, très long, très lourd.

Posée sur sa branche, Hortense serpent se sent bien, à sa place, pleinement vivante, là où elle doit être. Il n'y a aucune question, elle est. Calme et sereine, elle aimerait rester là pour toujours, mais déjà le tambour de Dora change de rythme, elle doit remonter.

Quand elle ouvre les yeux, elle est impressionnée par le calme absolu qui règne alors qu'elle entendait tant de sons de la jungle. Elle aurait juré qu'ils venaient de la forêt ; manifestement pas.

— Comment te sens-tu ?

— Bien, c'était très bizarre.

— Tu étais un serpent ? Dans la jungle ?

— Comment le sais-tu ?

— Tu ondulais, et l'ambiance de la jungle est venue jusqu'à moi. Je sentais l'humidité, la chaleur, j'entendais les sons…

— Ça veut dire que mon allié, c'est le serpent ?

— Tu l'incarnais carrément, comment peux-tu en douter ?

— Mais je déteste les serpents.

— Personne n'a dit que ça allait être ton animal préféré. C'est lui, c'est ta puissance intérieure. Il me semble correct comme protecteur, non ? C'est intéressant que tu ne l'apprécies pas, comme si tu rejetais ta nature profonde. Qu'est-ce qui est serpent en toi et que tu n'aimes pas ? Ou que tu te caches à toi-même ? Tu prendras le temps de la réflexion, ce sont juste des pistes. C'était comment, d'être un serpent ?

— C'était bizarre, comme si c'était évident… J'étais pleinement à ma place, je ne me demandais pas s'il fallait que je sois autre chose, c'était calme, agréable.

Hortense frissonne. La lumière faiblit, l'humidité prend le dessus et il commence à faire vraiment frais. Dora, qui ne semble pas perturbée par le froid, lui sourit.

— Il t'a montré ce que c'est de vivre ta vraie nature. Le fait que tu n'aies pas ce sentiment dans ta vie est le fond du problème. C'est ce calme, cette certitude, que tu dois trouver.

— C'est fou, j'étais si bien… Cette force, cette sérénité, je la sens encore.

— Tu l'as en toi.

— Et j'étais vraiment un serpent, j'ai vraiment l'impression de connaître à l'intérieur de moi ce que c'est d'être un serpent. Je l'ai vraiment vécu. Tu crois que j'ai rêvé ? C'est mon imagination, ou c'est vrai ?

Dora, toujours attentive au bien-être d'Hortense, la couvre d'un plaid.

— Si tu avais imaginé un allié, tu aurais choisi le serpent ?

— Ah non.

— Fais-toi confiance, tu as rencontré cet allié qui te correspond. Il glisse, il est discret mais puissant, ultra-sensible, et surtout, maintenant que tu sais qu'il est là, tu peux aller l'interroger dès que tu en as besoin.

Il te suffit d'écouter un tambour et de refaire le même chemin en posant ton intention, ta question.

Hortense n'en revient pas de la puissance de cette expérience. Jamais elle n'a cru en aucune religion, tout en étant attirée tout de même par la spiritualité, persuadée qu'il y avait forcément une explication, quelque chose de plus grand, quelque chose qui nous relie, sans trop savoir quoi. Aujourd'hui, elle a ressenti dans son corps l'expérience unique d'être un animal qu'elle ne connaît pas du tout, qu'elle n'apprécie pas particulièrement, sur lequel elle ne sait rien. Pourtant sa connexion avec lui semble évidente, simple, véritable. Il n'y a rien à croire, juste admettre la force de ce lien nouveau, l'étonnant monde intérieur qu'elle a découvert.

— Je peux y retourner, dans le monde d'en bas ?

— Déjà ? Oui, bien sûr, mais peut-être pas dès ce soir. Il commence à faire vraiment froid. Prends le temps de t'imprégner de ce que t'a montré ton serpent, on continuera demain. On a deux mois, tu sais !

Dora se lève et Hortense la suit dans la petite cabane.

— Comment se fait-il que le chamanisme soit si discret ? Je n'en avais jamais entendu parler avant d'être enceinte.

— Tu n'étais pas prête. Je suis persuadée que les informations et les expériences dont tu as besoin arrivent au moment où tu as l'ouverture nécessaire et où tu peux les vivre pleinement.

Installées sous un plaid sur le clic-clac, elles savourent une soupe d'orties en silence, un silence doux, pleine de bienveillance et de complicité. Hortense passe le reste de la soirée et de la nuit à digérer cette expérience unique qui remet en question à peu près tout ce qu'elle croyait savoir, et qui réveille en elle une dimension qui, étrangement, lui semble assez familière.

CHAPITRE 23

Le lendemain matin, quand Hortense se réveille, Dora est partie. Un peu décontenancée de se retrouver seule dans cette cabane dont elle n'a pas encore vraiment le mode d'emploi, Hortense décide de se faire un thé en attendant le retour de celle qu'elle peut maintenant appeler son amie. Est-ce que ce n'est pas un problème d'être amie avec sa thérapeute ? Hortense se souvient avoir lu que ce n'était pas recommandé du tout.

Quand Dora réapparaît, elle semble déterminée.

— Hortense, mettons-nous au travail.

— J'aurais bien aimé reparler de l'expérience d'hier. Et puis, j'ai des questions…

— On en parlera ce soir, si tu veux. Le matin, nous devons avancer, il ne nous reste que cinquante-sept jours, ça va passer très vite. J'ai réfléchi et, pour ne pas tout mélanger, vu que notre relation évolue, je te propose que le matin, tout soit très cadré, comme au cabinet. Nous travaillerons en fonction de ce qui se présente : constellations, hypnose, voyages chamaniques. L'après-midi, nous ferons des choses chacune de notre côté, pour avoir du temps, pour souffler un peu. Puis, le soir, nous pourrons discuter autour du feu, débriefer, ou parler de tout autre chose.

Décidément, Dora devance toujours les inquiétudes d'Hortense. Mais comment fait-elle ? Hortense est rassurée par ce cadre clair et simple, et par la volonté évidente de sa chamane à faire bouger les lignes pour elle.

— J'ai réfléchi, et je crois que l'urgence, c'est que tu fasses le deuil de ta mère, reprend Dora.

— Mais elle n'est pas morte…

— Le deuil symbolique. Le deuil de la mère que tu aurais aimé avoir, et le deuil de cette relation qui n'existe pas entre ta mère et toi.

Hortense encaisse l'information. Elle se rend bien compte que sa mère n'est pas présente dans sa vie, mais l'entendre formulé comme ça la secoue.

— Mais Dora, tu sais, j'ai fait le premier exercice du cahier, le « J'aurais voulu… ». Du coup, ça ne va pas faire un peu doublon ? lance Hortense, angoissée à l'idée de revenir encore sur sa relation avec sa mère.

— Au-delà du deuil, ce qui va te permettre de réenchanter ta vie, c'est que nous allons combler ton manque d'amour. Tu verras. Je vais commencer par exprimer ta peine par un chant spontané. Tout ce que tu n'as pas osé dire ou sortir passera par ce chant. Tout ce que tu as à faire est écouter. Tu peux fermer les yeux, tu peux aller visiter le monde d'en bas si tu en ressens l'envie, afin de demander de l'aide à ton serpent pour ce travail.

Dora prend son tambour et commence à jouer son rythme régulier. Elle tourne autour d'Hortense en dansant et commence à sortir de drôles de sons. Son chant ressemble de plus en plus à un affreux cri, à des pleurs, à des spasmes, on ne sait pas trop mais c'est laid. C'est laid, et Dora fait une tête horrible, comment ose-t-elle se montrer comme ça ? Se laissant malgré tout gagner par le rythme régulier du tambour, Hortense ondule légèrement. Puis, d'un seul coup, elle est happée par le chant qui la bouleverse et la fait pleurer, pleurer en criant, en émettant des sons étranges comme ceux de Dora. Elle pleure, pleure, comme si des années de larmes devaient se vider.

D'un coup, elle ressent le besoin d'aller chercher du réconfort auprès de son serpent. Elle s'allonge, ferme les yeux et descend à nouveau dans le monde d'en bas, sa grotte, le trou, la descente dans la terre, mais l'arrivée est très différente. Elle sent sous elle un animal poilu qui se déplace à grande vitesse. Elle n'arrive pas à savoir ce que c'est, ni ce qu'elle est, probablement pas un serpent. Tout ce qu'elle sait, c'est qu'elle est sur le dos d'un animal qui court.

La lumière disparaît, l'animal est rentré dans un genre de grotte. Il se retourne, s'allonge, Hortense n'est toujours pas bien sûre de ce que c'est. Peut-être un sanglier ? Un ours ? Elle se place sur son ventre et s'endort paisiblement, bercée par sa respiration, se sentant aimée, protégée.

Le tambour accélère. Hortense remonte, s'assied et ouvre des yeux embués de larmes. Dora la prend dans ses bras.

— C'est bien, tu as rencontré l'ourse, la maman du règne animal. Elle est la mère la plus impliquée, la plus protectrice.

— Comment sais-tu que j'ai vu un ours ? Moi-même, je n'en étais pas certaine.

— L'ourse est venue à moi et je te l'ai envoyée. Elle est ta mère symbolique, elle est là pour te donner tout l'amour dont tu as manqué.

— Et comment ça se fait que je n'ai pas vu mon serpent ? C'est l'ours, mon allié ?

— L'ourse semble être une autre alliée. Avec le serpent, tu as fusionné, c'est ton guide. D'autres esprits animaux peuvent venir te soutenir, t'aider ou t'apporter leur médecine. Tu es forte d'un nouveau lien puissant. Ne l'oublie jamais, l'ourse est comme ta mère adoptive, tu peux compter sur elle. Maintenant, il est temps de les honorer tous les deux. Prends vite ce crayon et ce papier et dessine-les. Donne tout ce que tu as dans cette image.

Hortense s'applique, elle essaie d'oublier qu'elle est nulle en dessin, de ne pas juger. Elle met sur papier sa visualisation et donne vie à ces nouveaux guides apparus dans sa vie. Quand elle a terminé, elle est fière, pas du résultat très bancal, mais d'avoir dépassé ses préjugés, ceux sur cette cérémonie un peu étrange, et ceux sur sa capacité ou non à dessiner. Un pas de plus vers la liberté, pense-t-elle en souriant. Dora lui tend une nouvelle feuille :

— À présent, prends cette feuille blanche et dessine un bonhomme allumette qui représente Charles. Et en face, une femme allumette qui te représente.

Hortense, un peu prise de court, s'exécute.

— Trace un ovale autour de toi, un autre autour de lui, et relie-les par sept points, correspondant aux sept chakras.

— Chakras ?

— Ce sont les points d'énergie. Tu ne les connais pas ? Tout en bas sur ton pubis, c'est le chakra racine. Puis, dans l'ordre, il y en a un sous le nombril, au niveau du plexus, sur le cœur, sur la gorge, au milieu du front, et enfin le chakra sacré, au sommet du crâne. Tu dessines juste une ligne allant de ses chakras aux tiens.

Hortense s'applique à suivre les instructions de sa chamane. Elle ne comprend pas bien ce qu'elle fait mais elle lui fait maintenant entièrement confiance, même si, à nouveau, le mot « chakra » a d'abord lancé une alerte « danger » dans sa tête.

— Prends ces ciseaux et découpe la feuille avec l'intention de couper les liens toxiques, tous ceux qui nuisent à votre véritable relation.

— Ça ne va pas briser notre amour ?

— Non, mets bien l'intention de couper, au contraire, ce qui vous dessert.

Hortense coupe net. Ça lui fait une sensation bizarre, comme une peur, l'impression de couper le peu de cordon qui l'attachait à son homme.

— Ne t'en fais pas, Hortense, c'est juste une mise au point. Il n'est pas ta mère, c'est cette demande disproportionnée que tu coupes. Rien d'autre.

Hortense passe l'après-midi très contrariée par cette remarque. L'accuser de prendre Charles pour son père, à la limite, pourquoi pas ? Mais pour sa mère ? N'importe quoi. Ou pas complètement ? Vexée, elle sent qu'il y a tout de même là une certaine vérité. Elle repense à tous ces moments où elle a attendu de Charles qu'il la console, qu'il la rassure, qu'il la gâte, qu'il soit attentif, qu'il prenne soin d'elle, comme aurait dû le faire sa mère. Ces moments où elle estimait que c'était la moindre des choses, comme si c'était son rôle. Mais alors, quel est son rôle ? C'est ça, qu'elle doit redéfinir plus clairement.

CHAPITRE 24

CHARLES, après sa journée de travail, ne repasse pas chez lui. Il va directement chez la chamane que lui a indiquée Ingrid. Quand il arrive enfin devant l'immeuble où se trouve son cabinet, au rez-de-chaussée, tout semble fermé. Il est tard, ce n'est pas anormal que les volets soient clos, mais il n'y a pas de lumière qui filtre. Il s'approche de l'interphone, elle est forcément là. Il sonne. Personne. Il insiste. Toujours rien. Il s'agace, il doit parler à Hortense tout de suite, il reste le doigt appuyé longuement sur le bouton. Rien. Il décide d'aller frapper directement aux volets. Après tout, si ça se trouve, l'interphone est en panne. Il s'approche et tape trois coups secs. Rien. Il recommence un peu plus fort :

— Hortense ! Hortense !

Une femme sort dans le hall de l'immeuble et s'approche de la porte pour lui parler à travers la vitre.

— Voulez-vous cesser ce boucan, vous avez vu l'heure ? Il y a des personnes âgées dans l'immeuble, elles se reposent !

Charles, gêné, se rend compte qu'il s'est un peu emballé.

— Euh, désolé, je… Je cherche Dora Marte ?

— Elle est partie deux mois dans la vallée de la Roya, comme chaque année. Par contre, il n'y a pas d'Hortense dans cet immeuble.

— La Roya ? Vous avez l'adresse ?

— Pourquoi voulez-vous la déranger dans sa retraite ?

— Ma femme est enceinte, on s'est disputés… Je suis certain qu'elle est avec elle. Il faut que je lui parle, je ne voudrais pas qu'elle fasse une bêtise, dit Charles tout en réalisant à quel point il a peur qu'Hortense prenne une mauvaise décision, à quel point il tient à elle, à leur amour.

— Vous avez l'air sincèrement bouleversé… Je vais prendre votre numéro. Demain matin, je téléphonerai à Dora pour savoir si je peux vous donner son adresse, et si elle accepte, je vous l'enverrai par texto.

Charles laisse son numéro. Il a très peur que ça ne marche pas, mais il ne peut pas prendre la route, épuisé après une journée de travail, avec une destination aussi vague. Il est obligé d'attendre demain, même si ça lui semble insurmontable de ne pas partir tout de suite. De toute façon, il vaut mieux qu'il arrive frais et préparé, à une heure décente, sinon il va juste leur faire peur, et ce sera contre-productif, se console-t-il.

Rentré dans leur petit appartement, il s'installe dans son canapé. Incapable de dormir ou de regarder un film, il décide de lister tout ce qu'il veut dire à Hortense, pour ne rien oublier. Déjà, il doit lui demander pardon. Ce sera le plus dur, mais sans ça, elle ne l'écoutera pas. Il ne voulait pas lui faire de mal, il avait juste besoin de mettre un peu de joie, de légèreté dans sa vie. Ça, elle ne pourrait pas le comprendre, il faudra qu'il aille plus loin, qu'il lui fasse un genre de promesse. Mais il déteste ça : comment être sûr de tenir parole ? On maîtrise si peu de choses. Et puis, pour lui, l'exclusivité n'est pas si importante… Quoique, apprécierait-il la situation inverse ? Difficile à affirmer. Peut-être que c'est bien central, mais est-ce seulement réaliste ?

Tout ça reste nébuleux pour lui. Ce sont des questions qu'il aurait probablement dû se poser bien plus tôt. Des questions qu'ils auraient dû aborder avant de se marier. Tout est allé si vite, s'est fait si naturellement.

Non, il ne pouvait pas faire autrement, c'est la femme de sa vie, ça, il en est sûr. Le reste, ce sont des détails. C'est ça, qu'il faut qu'il lui dise. Peut-être qu'elle comprendra ? Non, il faut qu'il lui montre. Qu'il lui prouve. Mais comment ?

CHAPITRE 25

Depuis qu'elle est arrivée dans la petite maison dans les bois, Hortense se sent légère. Même si le travail avec Dora est intense, elle est si étonnée de ce qu'elle découvre, de ce qu'elle comprend. Elle n'a presque pas pensé à Charles depuis qu'elle est là, ou alors juste pour analyser un peu leur relation, mais toujours avec beaucoup de recul. Elle n'a pas plongé dans le désespoir, comme elle l'aurait fait habituellement. Elle est fière d'elle, mais quelque chose d'autre est en train d'émerger. Quelque chose de plus important encore, elle ne sait pas tout à fait quoi. Ce qui est sûr, c'est qu'elle comprend à quel point travailler sur soi est essentiel, à quel point cela pourrait changer le monde si chacun prenait la responsabilité de ce qui lui arrive. Oui, c'est ça, il faudrait que ça se sache, que l'on puisse facilement accéder à la thérapie sans passer pour un fou ou se ruiner.

Comme chaque matin, Dora l'invite à la suivre. Elles vont travailler près d'un arbre. Hortense doit le choisir ; elle voit un magnifique chêne, mais c'est un pin immense qui l'appelle. Même s'il est moins beau, c'est évident que c'est vers cet arbre qu'elle doit aller.

— Demande à l'arbre s'il est d'accord pour que l'on travaille avec lui.

Hortense, incrédule, regarde Dora, espérant une explication.

— Tends la main vers l'arbre que tu as choisi et essaie de sentir son énergie. S'il n'y a rien ou qu'elle est positive, c'est OK. Si tu sens comme une force qui te repousse, c'est qu'il faudra en choisir un autre.

Hortense tend la main vers le pin. Rien ne se passe. Si… des petites chatouilles, assez agréables.

— Si ça te semble bon, assieds-toi au pied de l'arbre, le dos le long de son tronc.

Hortense s'installe, surprise de trouver l'arbre si accueillant et confortable.

— Ferme les yeux et imagine que tu as des racines rouges et épaisses, des racines qui partent de toutes les parties de ton corps en contact avec le sol et qui vont très profond dans la terre. Imagine que ces racines te relient à tes ancêtres, ceux qui sont morts, et à la terre mère, à son énergie, sa chaleur. Puis imagine, au sommet de ton crâne, un fil doré qui te relie au ciel, à la source de toute chose. Comme l'arbre, tu es enracinée, comme lui, tu es reliée à plus grand. Sens les racines de l'arbre contre lequel tu es assise, celles des autres arbres de la forêt, des autres plantes. Imagine qu'elles sont toutes reliées entre elles. Vois comme tu te sens faire un avec tout le vivant. Imprègne-toi de cette sensation jusqu'à en faire une certitude que tu vas ancrer dans ton corps par un geste, un geste qui pour toi voudra dire que tu peux revenir à cette certitude, à ce sentiment rassurant.

Hortense pose la main sur son cœur. Elle est émerveillée par cette sensation nouvelle d'appartenir à tout un écosystème, de ne plus se sentir seule au monde, mais au contraire reliée à tous les êtres vivants qui l'entourent. Toute la journée, elle se balade en jouissant de cette nouvelle idée, de ce monde qui ne lui est plus hostile. Elle se sent libre.

Le soir autour du feu, Hortense demande à Dora :

— Pourquoi est-ce que ta thérapie ne fait pas partie des choses remboursées par la Sécu ?

— Parce que le chamanisme, l'énergétique et tout ce qui constitue le socle de ce que je propose est ancestral, mais pas reconnu officiellement. Les psychologues sont remboursés parce qu'ils pratiquent des méthodes enseignées à l'université et encadrées.

— Tu ne trouves pas dommage d'être en marge ? Je veux dire… tu n'as pas envie de te battre pour ça ?

— Je ne suis pas certaine que ce soit le bon combat. Ce qui m'importe, c'est d'aider les personnes qui viennent me voir à aller mieux, et à travers elles, permettre à leur entourage d'être inspiré, allégé.

— Tu ne crois pas que tu aiderais plus de monde si c'était plus facile d'accès ? Autant en termes de prix que d'information ?

— Je ne pourrais pas aider plus, j'ai du mal à caler de nouveaux clients. Et je trouve intéressant que me trouver, avoir accès à mes soins, demande un peu d'ouverture d'esprit. Du coup, les personnes qui viennent me voir sont motivées, ouvertes, prêtes à collaborer, car comme tu l'as remarqué, c'est un travail d'équipe. Seule, je ne peux rien faire. Les « épreuves » qui mènent à mon accompagnement me permettent de ne trouver en face de moi que des gens qui veulent vraiment évoluer. Ce qui ne m'empêche pas d'offrir ponctuellement des soins à ceux qui en ont besoin, ou de prendre sous mon aile certains de mes clients quand c'est nécessaire.

— Puisque c'est un don, ça ne devrait pas être gratuit ?

— Ceux qui doivent me rencontrer en trouvent les moyens, les autres vivent le chemin de vie que leur âme a choisi. Comme tu l'as dit, en l'état des choses, ce que je propose n'est pas remboursé. Demande-t-on aux pâtissiers qui ont un don pour les gâteaux de les offrir ? Aux peintres qui ont un talent hors du commun de donner leurs toiles ? Pourquoi le don de guérir devrait-il être dévalorisé ? De quoi sont censés vivre les énergéticiens, médiums, coupeurs de feu ?

— Je ne sais pas, tu as peut-être raison… Mais tu ne crois pas qu'on pourrait en parler plus, de cette façon de guérir les blessures de l'âme ? Communiquer sur ce que tu fais ? Parce que si personne ne sait que ça existe, c'est quand même dommage.

— Ce qui m'intéresse, c'est pourquoi tu aimerais tant en parler, que ça se sache ? Pourquoi c'est si important pour toi ?

— Je suis bluffée des résultats de notre travail. Je me sens bien alors que je suis enceinte d'un homme qui m'a trahie et que je n'ai aucune perspective de travail, même vague. Ça ne me stresse même pas, j'arrive à voir les choses autrement. Je me suis enfin délestée du poids de l'absence de ma mère qui me pèse depuis toute petite, j'ai réussi à avoir un échange authentique avec mon père sans devoir faire attention à chaque phrase, tout ça en quelques semaines. Je me dis que si j'en avais entendu parler plus tôt, si j'avais été ouverte à tout ça par des émissions télé, des livres, des articles, j'aurais peut-être travaillé sur moi avant et évité bien des catastrophes.

— Ou alors, tu n'étais pas prête. Tu en aurais entendu parler dans un magazine, tu serais venue me voir en spectatrice, pas très motivée. Ça n'aurait pas aussi bien fonctionné, et tu aurais décidé que c'est nul ou que je suis un charlatan.

— Je comprends ton point de vue, mais je ne peux m'empêcher de penser que la plupart des gens que je connais auraient bien besoin d'une Dora à leurs côtés…

Et là lui vient une pensée dont elle a immédiatement honte. Et si elle aussi devenait thérapeute ? Ce serait fou. Non, c'est impossible, et extrêmement prétentieux de sa part. Comment peut-elle s'imaginer aider qui que ce soit ? Un sentiment désagréable la prend à la gorge. Elle se sent jalouse de Dora. Quelle horrible personne est-elle pour éprouver cela, comment peut-elle l'envier après tout ce qu'elle fait pour elle ? Elle n'a pas le droit. Elle se sent tellement plus forte, plus vraie, plus elle, tout simplement, depuis qu'elle a commencé ce travail. Plus authentique, c'est ça. Elle se souvient de sa conversation à cœur ouvert avec Ingrid, de la beauté de leur discussion ensuite. Alors elle décide de ne pas garder son nœud dans la gorge comme elle a la si mauvaise habitude de le faire, de ne pas essayer de faire semblant que tout va bien. De toute façon, Dora verra tout de suite qu'elle est perturbée.

— Dora, et si je devenais thérapeute, moi aussi ? Je veux dire… dans plusieurs années, après de longues formations et après avoir fini mon travail sur moi ?

— Ah, enfin ! Je me demandais quand tu allais te rendre compte de ton potentiel.

— Mon potentiel ?

— Oui, si j'ai accepté que tu viennes ici, ce n'est pas uniquement pour aider une cliente, pas seulement pour te rendre service, mais aussi parce que j'ai senti un appel, quelque chose de très fort, d'évident, comme quoi il fallait que je te forme, que je t'initie. C'est pour ça que je t'ai demandé de t'engager pour la retraite entière. Je ne voulais pas t'en parler tant que je ne sentais pas chez toi cette ouverture à la guérisseuse en toi.

Hortense n'en revient pas. Encore une fois, ouvrir son cœur lui révèle une issue inespérée. Dora a senti un potentiel en elle ? Elle est si flattée qu'elle a envie de sautiller, de chanter, de danser. Prise dans un élan irrésistible, elle se met à pleurer, des larmes de soulagement, de libération et de joie.

— Tu crois vraiment que je peux y arriver ?

— Tu es très sensible. Le voyage chamanique semble si naturel chez toi que je ne peux que penser que tu as déjà été chamane dans d'autres vies. Tu es ultra empathique, tu aimes analyser, comprendre, écouter, tu es intuitive, ouverte, je ne vois pas ce qui pourrait ne pas marcher.

— Si j'y arrive, on ne va pas me prendre pour une folle ? M'accuser d'être un gourou, de manipuler les gens ? Comment est-ce que je trouverai des clients ? Et puis, je ne peux pas devenir ta concurrente.

— Du calme, Hortense, tu brûles les étapes. Déjà, détache-toi du regard extérieur. Toi, si tu te projettes en train d'aider, accompagner, faire évoluer, comment te sens-tu ? Ferme les yeux, imagine, tu es dans ton cabinet, tu viens de terminer un soin. Voilà, ouvre les yeux, quelle est l'émotion qui émerge ?

— La joie ! dit Hortense avec un grand sourire.

— Cela a donc du sens pour toi. Après, lâche la vision de la « concurrence », c'est une fausse idée. On a chacune notre place, tu ne vibres pas avec les mêmes choses que moi, tu attireras à toi des gens qui ne seraient jamais venus me voir, et inversement. Quand tu suis ta nature, il n'y a pas de concurrence, car personne n'a le même chemin, la même posture, le même parcours. Tu es unique.

— Oui, mais il y a déjà tellement de thérapeutes. Qu'est-ce que je vais apporter, dans tout ça ?

— Il y en a beaucoup, car le monde est en pleine mutation. Il faut des guérisseurs, chacun apportant sa propre vision, son regard, sa façon de voir, de faire. Quand tu es à ta juste place, tout est fluide, simple, évident. Il y a encore beaucoup de travail pour te former et surtout nettoyer tes mémoires, construire ta sécurité intérieure, car c'est ça le socle de ton futur rôle. Mais ne projette pas des soucis qui n'existent pas. Garde ton énergie pour continuer ton beau parcours d'évolution.

— Si je n'ai pas fini mon chemin de guérison, comment pourrais-je prétendre aider les autres ?

— Ce chemin est sans fin. On apprend toute sa vie, on guérit, on évolue, en tant que personne, en tant qu'âme et en tant que guérisseuse. Une guérisseuse qui ne se soigne pas, qui prétend avoir été au bout du chemin, ne m'inspirerait pas confiance, personnellement.

Hortense n'arrive pas à dormir de toute la nuit, elle se pose mille questions, ne se sent pas du tout légitime pour devenir thérapeute, elle qui va si facilement mal, elle qui ne maîtrise pas du tout ses émotions, et guérisseuse encore moins, c'est carrément un truc de naissance, non ? Il faut qu'elle pense à demander à Dora comment elle a su. En attendant, elle ne peut s'empêcher de lister tout ce qui va l'empêcher d'y arriver, tout ce qui fait qu'elle n'est ni légitime, ni même en bonne voie.

Le lendemain matin, elle trouve quand même la force de se lever, motivée à l'idée de continuer à avancer avec Dora. La chamane lui propose un rituel au tambour et l'invite à s'installer sur un tapis posé au centre de la cabane.

— Nous allons faire un rituel initiatique. C'est une étape clé dans la formation d'une guérisseuse. Mais avant cela, nous allons faire un premier petit voyage pour que tu rencontres ton animal médecine. Toute guérisseuse en a un.

— Je ne me sens pas à la hauteur de ce terme.

— Il va pourtant falloir que tu t'y habitues, c'est ton chemin.

— Mais je ne le suis pas encore.

— Comment peux-tu en être aussi sûre ? Allons voir si tu as un animal de soin. Sachant que ton serpent va te montrer le chemin. D'ailleurs, le serpent est un guérisseur, ses poisons sont de puissants médicaments, si on sait s'en servir. Pour ton voyage à la rencontre de ton animal médecine, tu demandes à ton serpent de te le montrer, puis tu devras demander à ton animal comment il s'y prend pour soigner. OK ?

— Je veux bien essayer.

Dora fait chanter son tambour, Hortense s'allonge, visualise sa grotte, le trou, elle y glisse, mais cette fois elle a comme une sensation de vide et de flottement, très étrange. Non elle connaît cette sensation, elle est dans l'eau ! Elle respire parfaitement, elle est à l'aise dans les profondeurs, il n'y a aucune lumière, elle danse, se sent légère. Elle appelle son serpent : il lui montre une immense pieuvre argentée. Elle est d'une beauté incroyable. *Pieuvre, dis-moi comment tu soignes.* Hortense se sent s'allonger dans l'eau, flottant au fond de l'océan. Elle voit la pieuvre se placer au-dessus de sa tête et absorber comme une fumée noire. Elle a l'impression de se vider d'une substance lourde. La pieuvre descend doucement le long de son corps pour vider cette fumée noire de chaque partie de son organisme. Arrivée à ses pieds, elle remonte en envoyant des rayons de lumière puissants. Les pieds d'Hortense semblent être devenus des diamants tant ils étincellent. La pieuvre remonte encore, envoie de la lumière dans ses jambes, son ventre, ses poumons ; plus elle remonte, plus Hortense se sent joyeuse et légère. Quand la pieuvre termine le soin, elle est placée juste au-dessus de la tête d'Hortense dont tout le corps rayonne. Déjà, le son du tambour accélère, Hortense sait qu'elle doit remonter. Elle ouvre les yeux, s'assied, encore éberluée par le soin qu'elle a reçu.

— Tu viens d'apprendre comment tu pourras soigner les personnes qui viendront à toi, lui dit Dora.

— C'est la pieuvre qui a pris soin de moi, je n'ai rien fait.

— C'est exactement ce que tu devras faire, appeler ta pieuvre et lui laisser faire son travail. Quoi que tu fasses, ce n'est pas toi qui agis, mais tes alliés. Si tu réussis, tu n'as aucune fierté à en tirer ; si tu échoues, ce ne sera pas de ta faute. Pour aller plus loin dans ton initiation et faire tomber encore les doutes qui te restent, nous allons faire ce que l'on appelle un « démembrement remembrement ». C'est un rituel initiatique qui va te permettre d'expérimenter le néant et de rencontrer la mort.

Hortense, très impressionnée, n'ose rien dire. Elle a quand même un petit peu peur.

— Il n'y a aucun danger, mais il te faudra du courage. Tu te souviens de ton animal allié, ton serpent ? Et des autres animaux qui sont venus à ta rencontre : l'ourse, et maintenant la pieuvre ? Tu vas les réunir autour de toi, ainsi que d'autres esprits en qui ils ont confiance, et tu vas leur demander de te dévorer. Tu te laisseras faire jusqu'à ce qu'il ne reste rien de toi. Quand tu n'auras plus de corps physique, tu prendras deux minutes pour sentir ce que cela fait, expérimenter le rien. Puis tu iras, avec ton serpent qui te guidera, rencontrer la mort. Ensuite, tes animaux te redonneront un corps, et tu pourras revenir. Je ferai chanter mon tambour tout le long. À la fin, je changerai le rythme, comme d'habitude, mais je le changerai aussi deux autres fois pour te donner des repères temporels : une fois quand tu seras sans corps et qu'il sera temps d'aller voir la mort, une autre fois quand il faudra que tes animaux te recréent un corps. Tu as des questions ?

Hortense, décontenancée par l'étrangeté de la proposition, ne sait pas quoi demander.

— Ne prends pas cet air effrayé. Il faut lâcher l'énergie de ce corps qui a souffert, t'ouvrir à l'idée que tu es bien plus que ton existence physique. Cela va bien se passer. Tu es prête ? On y va ?

Hortense s'allonge, ferme les yeux, visualise sa grotte et commence à descendre. Le tambour de Dora résonne, elle continue à s'enfoncer dans la terre, elle se sent glisser, son serpent est là, il la guide, il la porte sur lui, puissant et calme, elle a confiance en lui. Il la place sur le sol et appelle tous les alliés d'Hortense. Elle voit l'ourse qui lui a donné tant de tendresse, la pieuvre qui l'a soignée, et elle est très surprise de découvrir un cheval sauvage, un perroquet et un paon qu'elle n'avait pas encore rencontrés. Puis un arbre, mais pas n'importe lequel : celui qu'elle adore depuis qu'elle est toute petite, le ginkgo du jardin de son grand-père.

À la fois inquiète et impatiente, elle regarde son serpent qui lui fait signe que le rituel va commencer. Un peu effrayée, elle se laisse écraser par les sabots du cheval, dévorer par l'ourse qui lui semble si sauvage en contraste avec la tendresse qu'elle avait partagée avec elle, engloutir par son serpent, aspirer par la pieuvre, puis picorer par le perroquet et le paon jusqu'à la dernière miette de son corps qui, très vite, disparaît intégralement. Quelle sensation étrange de n'être rien ! Hortense ne peut s'empêcher de scruter le vide où se trouvait son corps. Elle se demande si ça sera comme ça quand elle sera morte. Elle se sent étrangement bien, légère, libre.

Après un temps qui lui semble à la fois infini et très court, le son du tambour de Dora ralentit. Ça y est, elle doit rencontrer la mort. Son serpent lui montre le chemin. Elle ne glisse pas avec lui ou sur lui, comme d'habitude, mais apparaît ailleurs, directement, dans un désert de sable. Face à elle, le ciel étoilé, dans lequel se dessine une panthère noire, une immense panthère mystérieuse et calme. Elle s'attendait à un personnage, un squelette recouvert d'un voile noir comme dans les films. Rien de tout ça, juste une sensation d'être surveillée, guettée comme une proie par cet animal un peu effrayant. « Ne t'en fais pas, dit la panthère. Un jour, je te dévorerai avec tendresse. Tu ne souffriras pas, je serai là pour toi quand il le faudra. » Mi-rassurante, mi-effrayante, la panthère s'efface à nouveau dans le ciel étoilé. Puis viennent une sensation de chaleur, d'ouverture, et le tambour qui ralentit à nouveau.

Le serpent d'Hortense l'entoure, tourne autour d'elle comme pour dessiner son contour. Le paon dessine son visage avec son bec fin comme pour lui offrir un peu de sa beauté. Le perroquet lui façonne le cerveau, puis la tête, elle sent comme un vent de légèreté, de rire, une nouvelle ère sous son crâne. Le cheval reconstitue ses cheveux, sa longue crinière fusionne et lui offre de belles mèches brillantes. La pieuvre lui crée un cœur et des veines pour que son sang circule à nouveau. L'ourse lui sculpte des os, le serpent lui fabrique une peau. Petit à petit elle retrouve un corps, une nouvelle version d'elle-même. Le travail se termine, le tambour de Dora accélère, il est temps de remonter.

CHAPITRE 26

CELA FAIT BIEN QUINZE MINUTES que Charles roule sur une petite route qui traverse la montagne, sans avoir croisé aucun autre véhicule. Enfin, il ralentit. Le GPS semble indiquer que la maison est là. Pourvu que la voisine de Dora ne se soit pas trompée. Il vérifie le message reçu ce matin tôt. C'est bien ça. Étrange, il n'y a rien, juste quelques arbres laissant apparaître un petit chemin qui ne semble mener nulle part.

Un peu inquiet, il se gare près d'un gros rocher. Heureusement qu'il n'est pas arrivé de nuit, il n'aurait jamais pu trouver. Il remonte le chemin à pied et aperçoit une petite structure en bois. Sûrement le cabanon de jardin. Rassuré, il presse le pas. La forêt se densifie. Il n'y a rien après le cabanon. Il aperçoit Hortense assise au pied d'un arbre. Son cœur palpite à grande vitesse. Elle a l'air si paisible, il s'en veut presque d'interrompre sa rêverie éveillée. Il approche doucement.

— Hortense ?

— Charles ! Mais qu'est-ce que tu fais là ?

Hortense a vraiment l'air très étonnée de sa présence. Lui qui pensait qu'elle était partie pour le forcer à venir vers elle, pour lui donner l'occasion de lui prouver sa motivation, il s'est bien planté sur ses intentions. Décontenancé, il ne sait pas quoi dire.

— Assieds-toi, ne reste pas planté là.

Charles n'en revient pas. Il pensait qu'elle allait pleurer, partir en courant, hurler, lui faire une scène. Elle n'a même pas l'air vraiment fâchée. Il doit y avoir un piège. Sur ses gardes, il se lance :

— Hortense je suis désolé, j'ai complètement merdé. Tu as eu raison de partir. Je ne sais pas comment te convaincre de revenir, mais sache que j'aimerais que tu viennes avec moi, qu'on reprenne comme avant.

— Comme avant ? Non, ça c'est certain que non.

C'est bien pire que ce qu'il imaginait. Elle ne compte quand même pas le laisser tomber ? Non, elle ne peut pas faire ça. Essayant de ne pas paniquer, il arrive à lâcher :

— Tu ne veux plus de moi ? Et le bébé ?

— Tiens, je pensais qu'il n'y avait pas de bébé tant qu'il n'était pas né ? Tu as évolué sur la question ?

Charles a perdu son célèbre sens de la repartie. Il se sent nul, comme s'il comprenait d'un seul coup toute l'angoisse, tout le stress, toutes les déceptions de sa femme.

— Oui, j'ai évolué, risque-t-il. Ce que j'ai vécu avec Angela m'a fait comprendre qu'on n'a jamais parlé de ce que l'on voulait pour notre couple, ce qui était important pour toi, pour moi, en termes de liberté, fidélité, les termes de notre mariage. On a chacun cru que c'était évident. J'y ai réfléchi, et de mon point de vue c'est impossible d'être totalement fidèle, ridicule de vouloir se mentir en se faisant croire qu'on va y arriver. Et puis, pourquoi on est en couple ? Pour moi, c'était pour fonder une famille, ce qui, à mon sens, commence par un enfant. Mais pour toi, elle a déjà commencé. Je me dis qu'on est très différents, mais qu'on pourrait en discuter, éclairer nos idées, trouver des compromis.

— Tu sais, Charles, je devrais sûrement t'en vouloir ou te détester, mais au fond, j'ai envie de te dire merci. Merci, parce que sans toi je n'aurais jamais osé rejoindre Dora ici. Sans toi, je n'aurais peut-être jamais découvert la puissance d'une retraite dans les bois. Je n'aurais pas, ou en tout cas pas encore, exploré le chamanisme, le monde d'en bas. Les expériences spirituelles que je fais ici sont d'une puissance incroyable. Cette horrible situation m'a permis de me trouver et surtout de me relier à plus grand. Je ne suis plus seule.

— Alors on peut rentrer à la maison et en parler ?

— Toi peut-être, moi je reste là.

Charles ne comprend plus rien. Sa femme d'habitude si fragile, toujours en demande, n'a rien l'air d'attendre de lui. Et si elle ne l'aimait plus ?

— Pour toujours ?

— Non, jusqu'à ce qu'elle ait terminé sa retraite d'initiation de guérisseuse.

Charles se retourne. Juste derrière lui, Dora lui sourit avec bienveillance. Lui qui l'imaginait comme une harpie féministe qui allait l'empêcher de récupérer sa femme, qui allait le convaincre de partir, la laisser tranquille, elle lui donne une lueur d'espoir. Il y a une fin. Emballé, il laisse sa précipitation prendre le pas et il ne peut s'empêcher de demander :

— Ça dure combien de temps ?

— Un peu moins de sept semaines, maintenant, il reste cinquante-trois jours. Elle a besoin de ce temps pour souffler, se trouver, évoluer. Je te propose de revenir dans cinquante-trois jours, de réfléchir entretemps à ce que tu veux pour votre couple, votre vie, votre avenir. Réfléchir sur toi aussi, tes motivations, tes valeurs, tes besoins. Vous pourrez discuter de tout ça au téléphone, ponctuellement. Si tu es d'accord, lorsque tu reviendras, nous ferons une cérémonie de célébration, un rituel sacré pour votre couple.

Alors là, Charles est cueilli. Il s'attendait à tout sauf à ça. Il ne sait pas quoi répondre alors, un peu pour gagner du temps, un peu pour être sûr que c'est bien ce que veut sa femme, il demande :

— Hortense, qu'en penses-tu ?

— Je suis d'accord avec ce que propose Dora. Nous en avons longuement parlé. J'aimerais que l'on s'offre un nouveau départ, que l'on puisse à nouveau se faire confiance, vibrer au diapason, mieux qu'avant plutôt que comme avant. J'ai besoin de cheminer de mon côté, je découvre un monde, de nouveaux horizons. Toi, il faut que tu fasses des choix, que tu poses des intentions. On ne peut pas continuer à vivre l'un à côté de l'autre avec des attentes démesurées mais pas de réelle entraide, de réel soutien, de réelle co-création entre nous. C'est peut-être pour ça que l'on n'arrivait pas à créer un être vivant, parce que notre relation elle-même était une coquille vide. J'ai besoin d'ajouter de la profondeur en moi, de travailler ma confiance, ma stabilité et de me retrouver plus forte, plus sûre. Je te souhaite de travailler aussi sur toi pendant ce temps, mais ne le fais que si tu en sens l'élan. Je ne veux surtout pas que tu le fasses pour moi.

Charles, époustouflé par le discours d'Hortense, sa force, sa sincérité, la prend dans ses bras. Il lui est reconnaissant de lui laisser une chance, et en même temps un peu perdu. Il ne sait pas bien ce qu'il doit faire, il aurait voulu une to-do list, un mode d'emploi. Il se retrouve face à son propre vide intérieur. Il n'a aucune idée de ce qu'il veut vraiment, aucune idée de comment il va occuper son temps libre sur cinquante-trois jours. Sa vie est tellement rythmée par Hortense… Il se rend compte à quel point sa femme a raison. Il est temps qu'il évolue, qu'il se prenne en main, ne serait-ce que pour qu'elle veuille encore de lui. Elle a l'air d'avoir déjà tellement changé, qu'est-ce que ce sera dans cinquante-trois jours ? Il ne sait pas comment il va s'y prendre pour être à la hauteur, mais il rentre à Nice avec un objectif, une date, une ouverture au renouveau. Il n'en espérait pas tant.

CHAPITRE 27

Bousculée par la visite de Charles, Hortense passe le reste de la journée à marcher dans la forêt, comme pour mettre loin derrière elle leurs vieilles rancunes. Elle a senti l'étonnement dans son regard, et elle est assez fière de ne pas s'être jetée dans ses bras en pleurant, de ne pas avoir sauté dans la voiture pour rentrer avec lui, de ne même pas lui avoir fait le chapelet de reproches qu'elle répétait dans sa tête depuis des jours. C'est vrai, la présence de Dora l'a beaucoup aidée, mais même seule, au moment où il est arrivé, elle a senti une nouvelle force en elle, une détermination qu'elle ne se connaissait pas avant. Bien sûr, elle a eu envie de tout laisser tomber pour lui, mais cela a duré cinq secondes. Tout de suite, l'envie de continuer à suivre l'enseignement de Dora a été plus forte.

Le besoin de se relier à plus grand l'anime, et c'est plus urgent que le reste.

Le lendemain matin, Dora attend Hortense à l'extérieur. Elle a installé deux tapis au sol et un vieux radiocassette.

— Aujourd'hui, tu vas effectuer ton premier diagnostic : tu vas t'entraîner sur moi. Nous allons nous allonger côte à côte. Il faut que nos corps soient en contact sur le côté. Je lancerai un enregistrement de tambour et tu vas scanner mon corps avec ton serpent. Quand tu auras fait le tour, tu me feras un soin avec ta pieuvre.

— Mais je n'ai jamais fait ça. Tu vas me montrer comment on fait avant ? Me faire un soin ?

— Non, ça n'a aucun intérêt de te montrer, il n'y a rien à voir. De toute façon, ma méthode est la mienne. Tu dois trouver ta façon personnelle de faire, et rappelle-toi qu'il s'agit surtout de permettre : tu n'es qu'un canal qui offre à la personne dont tu prends soin la possibilité d'être guérie par tes animaux alliés, en l'occurrence ta pieuvre. Si ça fonctionne, tu n'y es pas pour grand-chose, si ça ne fonctionne pas non plus.

Hortense s'installe, très inquiète de son ignorance, en essayant de se concentrer sur la confiance qu'elle a en Dora et sur la puissance des animaux qui l'accompagnent. Le son du tambour l'emmène sur ce chemin qu'elle connaît bien maintenant, sa grotte, le trou, la glissade dans la terre, puis elle se concentre sur le corps de Dora.

Elle parcourt sa silhouette tout autour avec son serpent, puis il rentre par le sommet du crâne, il scanne l'intérieur, le nez, la bouche, la mâchoire, la gorge, rien, Hortense ne peut s'empêcher de se faire la réflexion que c'est normal : avec une telle hygiène de vie et de travail sur soi, qu'imaginait-elle trouver ? Son serpent descend le long de l'œsophage, glisse dans l'estomac. Là, il y a comme un poids, une grosse boule noire. Le serpent en fait le tour. Hortense a du mal à y croire, elle se trompe sûrement. Puis elle continue, le foie, les intestins, les ovaires, les cuisses, les jambes, les pieds, rien. Elle a terminé le scan, elle appelle son animal de guérison, la pieuvre, et lui demande de faire un soin à Dora pour sa boule dans l'estomac. La pieuvre aspire de la fumée noire qui provient de la boule – celle-ci se réduit peu à peu, jusqu'à disparaître complètement – puis envoie de la lumière pour densifier la zone. Hortense pense que le soin est terminé, mais comme la pieuvre continue à aspirer et envoyer de la lumière, elle constate qu'elle ne décide pas de la durée du soin et la regarde faire, étonnée. Quand la pieuvre a manifestement terminé, Hortense scanne à nouveau avec son serpent le corps de Dora. C'est plus dense, plus lumineux, rien ne bloque. Elle se redresse, stoppe l'enregistrement de tambour et prend la main de Dora comme pour la faire revenir ici et maintenant.

Dora ouvre les yeux et se redresse. Hortense a très peur de son verdict. D'un côté, elle a l'impression d'avoir fait ce qu'il fallait ; de l'autre, elle se demande si elle ne s'est pas inventé toute cette histoire de boule, de fumée, de lumière.

— J'en étais sûre, dit Dora.

Hortense est soudain persuadée d'avoir fait n'importe quoi. Mais pour qui se prend-elle ?

— Tu as un vrai don ! J'avais mal à la tête en me levant ce matin, mais tu m'as guérie, je n'ai plus rien.

— Mais… c'est dans l'estomac que j'ai trouvé une boule noire, je n'ai rien fait à la tête.

— Et c'est pour ça que le scan est essentiel. Même si la personne te dit où elle a mal. Car la douleur se situe rarement à l'origine du problème. Soigner le symptôme revient à gagner quelques jours, au mieux quelques semaines, avant qu'il ne revienne plus violent encore. Tu es rassurée ?

— Je n'en reviens pas d'avoir réussi.

— Quand tu t'en remets à tes alliés, tu ne peux pas « rater ». Tu vois, maintenant, que tu es capable de beaucoup plus que ce que tu imagines ?

Hortense ressent un tel élan de joie et de reconnaissance pour son initiatrice qu'elle lui saute au cou.

— Merci, merci infiniment !

Hortense comprend à quel point elle se sous-estime, à quel point être dure avec elle-même l'empêche d'évoluer au lieu de la préserver. Elle décide de se faire pleinement confiance, désormais. Croire en son chemin de guérisseuse, accepter cet appel et s'en sentir à la hauteur. Elle n'a pas le droit de s'en empêcher maintenant qu'elle sait qu'elle peut vraiment soigner.

CHAPITRE 28

Les jours suivants, Hortense se sent fatiguée. Elle a eu vraiment beaucoup de mal à dormir le lendemain du soin, car elle ne pouvait pas s'empêcher de penser à tout ce qu'elle pourrait faire si elle ne se l'interdisait pas. Elle a songé à toutes les barrières qu'elle s'était mises toute seule, à toutes les fois où elle aurait pu là où elle pensait que c'était inaccessible, et à tout le temps qu'elle avait perdu. Difficile de ne pas s'en vouloir. Dora, par chance, a proposé trois jours de pause. Il est nécessaire de laisser poser ce qui est apparu, a-t-elle dit.

Ce matin-là, Hortense est obligée de s'extraire de ses pensées très tôt car, exceptionnellement, Dora prend le petit déjeuner avec elle. Elle lui sert un thé et s'assied en face d'elle.

— Aujourd'hui, nous n'allons pas travailler…

Hortense, soulagée, se dit qu'un jour de pause de plus ne lui fera pas de mal. Après tout, elle l'a bien mérité.

— … car cette nuit, tu vas dormir dans la forêt. Il est temps que tu passes un autre cran dans ton initiation. Je vois que la découverte de tes capacités de guérisseuse t'a ouvert des perspectives que tu n'imaginais pas, et avant que tu ne mentalises trop tout ça, j'ai envie de te donner les outils nécessaires pour te recentrer. Tu vas donc passer une nuit dans la forêt pour mieux faire connaissance avec les esprits qui te protègent et expérimenter plus avant leur réelle présence.

Hortense n'est pas sûre d'avoir bien entendu.

— Dans la forêt ? Avec toi ?

— Non, seule. Tu dois faire ce que l'on appelle une quête de vision. Cela va t'aider à renforcer ta connexion avec les esprits.

— Mais je…

— Hortense, tu as tes animaux alliés, je serai juste à côté puisqu'on n'ira pas bien loin. Ça va bien se passer.

Pourtant, Hortense passe la journée à s'inquiéter, à se poser mille questions : et s'il y a des fourmis ? Et est-ce qu'elle aura droit à un sac de couchage, au moins ? Et s'il pleut ? Et s'il y a des araignées ? Des serpents ? Des moustiques ? Et puis, qu'est-ce que Dora appelle sa connexion avec les esprits ? Elle ne se sent pas prête du tout à affronter cette épreuve. Elle n'a jamais dormi dans la forêt. Depuis qu'elle est toute petite, elle a toujours préféré être à l'intérieur qu'à l'extérieur. Elle a toujours aimé la pluie qui lui permet de prétexter qu'il fait trop mauvais pour sortir. Elle aime avoir un toit sur sa tête. Et des murs autour, avec des fenêtres fermées. Même au plus chaud de l'été, elle ne dort jamais la fenêtre ouverte, c'est dire si le pas que Dora lui demande de franchir est grand.

Après un dîner léger constitué d'un bouillon de légumes et de fraises des bois cueillies dans l'après-midi, Dora emmène Hortense dans la petite clairière qu'elle a repérée à quelques minutes de marche. Quelques minutes ! Dire que Dora avait promis que ce ne serait pas loin. Elles n'ont pas du tout la même notion de la distance.

— Voilà, choisis un arbre pour t'adosser. Installe-toi sur cette couverture. En voici une autre pour te couvrir, et un sac de couchage si tu as froid. Commence par faire la méditation que je t'ai apprise, celle de l'enracinement avec les grosses racines rouges, l'énergie qui remonte du centre de la terre et le fil d'or sur ta tête qui te relie à la source. Puis pose une intention et demande à ton serpent de te protéger et de t'accompagner. Tu peux demander un signe, ou de l'aide pour ta nouvelle vocation, par exemple.

— Et après, je fais quoi ?

— Tu médites, tu attends, tu écoutes. Tu peux dormir aussi si tu es fatiguée.

Dora s'éloigne déjà alors qu'Hortense est prise de bouffées d'angoisse. Non c'est ridicule, il ne fait pas encore tout à fait nuit, c'est une forêt qu'elle connaît, elle y marche tous les jours depuis son arrivée. Dora n'est pas si loin. On ne voit pas la maison, mais elles ont marché moins de dix minutes, elle l'entendra s'il y a un vrai souci. Hortense essaie de se calmer. Elle se concentre et parvient à méditer un peu. Elle regarde l'heure et décide de continuer le plus longtemps possible. Elle respire de manière circulaire comme Dora lui a appris à le faire. Elle remplit d'abord ses poumons, puis son ventre, puis souffle dans un soupir, sans jamais marquer de pause. Elle fait de nombreux cycles, ni trop lents ni trop rapides. Se concentrer pleinement sur sa respiration lui permet de ne pas du tout penser, c'est magique ! Elle continue. Fière, elle regarde sa montre. Sept minutes ont passé. La nuit va être longue.

Ses pensées reprennent le dessus : et si elle se trompait ? Si elle n'était pas faite du tout pour être guérisseuse ? Si les dieux, les alliés, les esprits étaient contre ? Va-t-elle se faire dévorer par un loup ? Elle se concentre à nouveau sur sa respiration et demande à voix haute :

— Serpent, esprits de la forêt, mes alliés animaux ou végétaux, j'ai besoin de votre aide. Dites-moi si je suis guérisseuse. Dites-moi si c'est la bonne direction.

Silence total dans la forêt, à part quelques bruissements de branches dans le vent. Hortense se dit qu'elle est en train de devenir complètement folle. Elle passe la nuit seule dans une forêt et elle parle tout haut à des entités invisibles. Elle se sent ridicule.

Puis elle se souvient d'une réflexion de Dora sur le fait d'être dans le jugement, et des conseils qu'elle lui avait donnés à ce sujet. Que se dirait-elle, si elle ne se jugeait pas ? Si elle était une bonne mère pour elle-même ? Alors Hortense réfléchit, puis se dit avec douceur qu'elle est très courageuse d'avoir accepté ce défi, que cela va la rendre plus forte, plus sûre d'elle, lui faire retrouver le lien avec ses racines sauvages, et que c'est exactement ce dont elle a besoin. Elle s'enroule dans la couverture et se serre contre l'arbre qu'elle a choisi. Elle sent un élan qu'elle trouve absurde, mais comme elle a décidé d'apprendre à s'écouter, elle se lève, attrape une branche de l'arbre, cueille une feuille et la mange. Elle essaie de ne pas se dire que c'est du grand n'importe quoi, elle se concentre, ferme les yeux, savoure la feuille, respire de façon circulaire, longuement. Elle demande intérieurement à l'arbre s'il veut bien la protéger. Elle sent comme une vibration dans son corps, une grande énergie protectrice qui l'entoure, puissante, solide. Elle a l'impression de se transformer elle-même en arbre, d'avoir de superbes racines dorées, un tronc large et solide, des branches hautes et feuillues, elle ne fait plus qu'un avec lui. Elle retrouve la sensation du jour où Dora lui a fait découvrir la méditation des racines et le lien puissant avec tout le vivant. Elle retrouve aussi cette certitude du serpent dans sa première vision chamanique, elle n'a jamais été aussi sereine, si sûre d'elle. Elle entend un grand rire et une phrase : « Guéris-toi, aime-toi, accepte-toi et je serai à tes côtés. »

Perturbée, elle se met à pleurer, comme si elle comprenait d'un seul coup tout le mal qu'elle s'est fait toute seule, la dureté de sa relation à soi. Lui reviennent toutes les méchancetés qu'elle s'est dites, tous les jugements horribles qu'elle a posés sur elle-même. Elle a de la peine de se rendre compte à quel point elle a pu être dure et injuste. Comme Dora lui a montré, elle laisse l'émotion la traverser, elle l'accueille comme une amie, écoute ce qu'elle a à lui dire. Elle pleure longuement, elle n'a plus aucune notion du temps depuis qu'il fait nuit noire. Elle se sent à bout de forces, et pourtant, une grande colère monte en elle. Colère contre elle-même, colère contre sa mère qui l'a laissée tomber sans jamais montrer aucun regret, colère contre son père qui l'a rabaissée, s'est moqué d'elle toute son enfance, colère contre Charles qui la trompe, colère contre le monde entier. Elle se lève et hurle de toutes ses forces. Elle prend des mottes de terre et les lance dans la clairière en imaginant les personnes de son entourage une à une. Sa rage est si violente qu'elle en oublie sa peur et s'élance pour courir, sauter, donner des coups en l'air. Elle reprend ses esprits et retourne s'adosser à son arbre qui l'apaise immédiatement. Elle décide de pardonner à tous ceux qui lui ont fait du mal, pardonner à son père, sa mère, Charles et surtout se pardonner elle-même. S'accorder le pardon est étrangement le plus difficile : elle répète à voix haute plusieurs fois « Je m'aime et je me pardonne » jusqu'à ce que ça sonne juste. Puis elle s'engage à être plus douce envers elle-même à l'avenir. Fière, elle sent qu'elle a passé un cap. Elle respire de manière circulaire, se détend et tombe dans un profond sommeil.

Quand elle se réveille, il ne fait pas encore tout à fait jour. Tout près d'elle passe un serpent. Elle se retient de hurler de terreur. Il reste à distance, semble l'observer, puis s'éloigne.

Elle sourit de ce joli clin d'œil de la vie et, concluant que son épreuve est terminée, elle se lève et avance vers la cabane de Dora.

CHAPITRE 29

Hortense commence sérieusement à manquer à Charles. Leurs petits déjeuners au lit, leurs grands moments de complicité quand les journées tournent mal, sa facilité à voir le bon côté des choses, sa légèreté qui parfois l'agace lui semblent aujourd'hui vitaux. Sans Hortense, ce n'est pas qu'il s'ennuie, non, il est très occupé entre l'école de voile, les soirées avec ses potes, les livres qu'il a prévu de lire. C'est plutôt qu'il adore lui raconter ses dernières découvertes, partager avec elle ce qu'il apprend, écouter les liens parfois étranges qu'elle fait avec sa philosophie de la vie. Oui, ce sont leurs discussions qui lui manquent terriblement.

Ce matin-là, il ne se fait même pas de café ; à quoi bon, il le prendra à l'école. D'un pas pressé, il se dirige vers la plage où il espère trouver Paul qui est souvent en avance pour avoir le temps de lui parler avant le premier cours.

Paul est un phare dans la mer agitée. D'une fiabilité totale, il a déjà tout préparé, sorti les combinaisons, le panneau de l'école, la table et les chaises. Il est installé au soleil en train de dévorer une salade de fruits.

— Charles, tu es bien matinal aujourd'hui !

— Hey mon pote, content de te trouver là.

— Tu veux un café ?

Sans attendre sa réponse, Paul saisit son thermos rouge et lui sert une grande tasse de liquide brunâtre fumant. Touché par l'attention de son ami, Charles se confie :

— Je suis fatigué de cette distance avec Hortense. Depuis que je l'ai retrouvée dans les bois, j'ai beau savoir qu'elle sera de retour dans peu de temps, c'est dur.

— Je comprends… Qu'est ce qui te manque le plus ?

— Nos discussions. Elle a toujours de bonnes idées, elle écoute attentivement ce que je lui raconte, elle voit les choses d'une façon si originale, si positive…

— Pourquoi est-ce que tu ne l'appelles pas, dans ce cas ?

Charles se dit qu'il n'y avait même pas pensé. Il respecte tellement la bulle de retraite de sa femme qu'il n'a pas envisagé de l'appeler. Si ça se trouve, ça lui fait de la peine. Si ça se trouve, elle lui en veut de ne pas donner de nouvelles. Paniqué, Charles demande à son ami :

— Tu crois que je devrais ?

— Est-ce que vous avez convenu de ne pas être en contact du tout pendant sa retraite ?

— Non, pas spécialement.

— Alors tu peux, ça lui fera plaisir. Et si elle ne souhaite pas échanger, elle ne répondra pas, mais elle sera sûrement contente de voir que tu penses à elle.

Charles se sent vraiment idiot de ne pas y avoir songé avant. Il s'excuse auprès de son ami, se lève, fait quelques pas sur le port et compose le numéro d'Hortense. Il est presque soulagé de tomber sur son répondeur.

— Hortense, je pense à toi. J'espère que ça ne te dérange pas que je t'appelle. On n'a pas parlé de couper totalement la communication, alors j'avais envie de te dire ce à quoi j'ai pensé pour notre famille, savoir où tu en es dans tes découvertes. Appelle-moi plus tard, si tu veux.

La journée de Charles passe à la vitesse de l'éclair ; les cours s'enchaînent, comme souvent en pleine saison, et il rentre épuisé. Il a à peine le temps de se demander si Hortense va le rappeler que son téléphone sonne.

— Charles, tu m'as appelée ? Tout va bien ?

Charles sourit, soulagé d'entendre la voix de sa femme, heureux qu'elle le rappelle aussi vite. Il ferme la fenêtre pour mieux se concentrer sur leur conversation.

— Oui oui, tout va bien, j'avais juste envie de parler avec toi.

— Moi aussi, ça tombe bien. Toutes ces découvertes que je fais ici… J'ai tellement envie que tu saches, mais je ne sais pas si ça t'intéresse.

Charles s'assied dans le canapé et retire ses chaussons.

— Bien sûr, que ça m'intéresse.

— C'est que, d'habitude, tu n'es pas très ouvert à tout ce qui n'est pas scientifiquement validé…

— Raconte-moi, on verra bien.

— Je fais beaucoup de voyages chamaniques. Ce sont des sessions où Dora joue du tambour, cela me met dans un état modifié de conscience. Elle appelle ça une transe. Tu sais, c'est un peu comme l'hypnose, on est conscient sans l'être complètement. Pendant ces sessions, je visualise des choses très intenses.

— Comme des rêves éveillés ?

— Oui, c'est un peu ça, mais en plus vrai encore. Tu sais, les rêves où tu as une telle impression de réalité que tu mets des jours à t'en remettre ? Ça se rapproche un peu de ça, en plus palpable. Pendant ces sessions, j'ai rencontré mon animal allié, un immense python multicolore. C'est une sensation très étrange, je l'ai rencontré en étant dans sa peau, en vivant l'expérience d'être lui, comme si mon corps, mon âme, quelque chose en moi savait parfaitement ce que c'est d'être un serpent.

Charles passe la main dans ses cheveux ; c'est ce qu'il fait quand il est mal à l'aise. Heureusement, Hortense ne peut pas le voir.

— Mais tu as peur des serpents, non ? Tu ne les aimes pas spécialement ?

— Non, c'est vrai, je n'aurais jamais imaginé ça, j'aurais pensé à une panthère ou un lion. C'est une des choses qui me confirme que ce n'est pas mon imagination, c'est bien plus fort que tout ce que j'aurais pu créer. J'ai senti l'odeur du sol de la jungle, je me suis sentie glisser, je n'ai pas tout de suite compris où j'étais ni ce que j'étais.

— Et qu'est-ce que ça t'apporte, de savoir ce que c'est d'être un serpent ?

— Je me suis sentie à ma place, légitime. Pendant quelques instants, j'ai senti ce que ça faisait d'incarner pleinement son rôle. J'étais un serpent et c'était parfait, je ne me demandais pas si je devais devenir une araignée ou un poisson. C'était si puissant, ce calme intérieur, que j'ai l'impression de l'avoir en partie conservé. Je me sens bien plus à ma place dans la vie.

Charles n'en revient pas de ce que lui confie Hortense. Elle est transformée, il l'a constaté en allant la voir, et ce serait en rencontrant des animaux imaginaires ? S'il n'avait pas vu par lui-même une vraie évolution chez elle, il n'aurait porté aucun crédit à ces mots. Mais là, force est de constater qu'elle incarne ce qu'elle dit.

— Mon expérience la plus intense, c'est quand j'ai rencontré mon animal de recouvrement. Dans la tradition chamanique, une guérisseuse a, comme tout le monde, un animal allié, mais aussi un animal de guérison et un animal de recouvrement : celui qui permet d'aller chercher les morceaux d'âme qui se sont échappés à un moment où l'âme a eu peur ou envie de disparaître. Selon les chamanes, on a tous perdu des morceaux d'âme à travers nos expériences difficiles : accidents, traumatismes… Le premier travail de la guérisseuse est de rencontrer son animal de recouvrement qui va l'aider à se reconstituer, puis de trouver une méthode qui lui permettra de retrouver et réintégrer les morceaux d'âme perdus des personnes qui viendront la voir.

— Tu veux dire que tu vas devenir guérisseuse ?

D'un coup, Charles a un peu peur. Qu'Hortense se fasse du bien avec sa thérapeute chamane, pourquoi pas. De là à ce qu'elle lui parle d'animaux esprits au quotidien et qu'elle gagne sa vie en proposant aux gens de leur jouer du tambour, ça lui semble quand même très étrange… Et en même temps, il ne l'a jamais vue si déterminée.

— Dora dit que j'en ai le potentiel, et même si ça me fait peur, j'ai très envie d'être en mesure d'aider les gens qui vont mal, de leur permettre de guérir, de retrouver la joie de vivre. Oui, je crois que c'est essentiel pour moi. Je ne sais pas ce que tu en penses.

— Je ne sais pas non plus, tout ça est si soudain, si éloigné de ce que tu faisais. Mais tu as l'air si heureuse, si sûre de toi… Continue, raconte-moi.

— L'expérience de la rencontre avec mon animal de recouvrement est charnelle : j'entre en transe avec le tambour, je descends dans ce que l'on appelle le monde d'en bas et je me retrouve à chevaucher un animal brun foncé très poilu. Il va à grande vitesse et se précipite dans une grotte. Je ne vois pas sa silhouette, je n'ai aucune idée de quel animal c'est. Je m'endors sur le ventre de cet animal dont je suis le petit, semble-t-il. Je sens un amour maternel infini, je sens que je me recharge, que j'absorbe exactement ce qui me manque. Quand la transe est terminée, c'est comme si j'étais devenue une autre personne, je me sens soutenue, comprise, aimée, je n'ai plus rien à prouver, juste à suivre ma voie, celle de la guérison, pour moi, puis pour les autres. C'est comme si ce voyage m'avait donné exactement ce qui me manquait. Un peu comme pour le premier voyage avec le serpent. C'est incroyable, ce que je vis.

— C'est très beau, Hortense. Et finalement, vrai ou pas, imaginaire ou réel, ce qui compte, c'est que ça semble te faire beaucoup de bien. Pardon d'avoir douté et de m'être un peu moqué quand tu as commencé à voir Dora. Je n'adhère toujours pas complètement, mais je vois ton évolution fulgurante, et ça, c'est une preuve qu'il se passe quelque chose grâce à cette femme.

— Je me rends compte à quel point ce que je traverse est difficile à comprendre et à transmettre. Chaque jour ici est comme un pas de géant dans la compréhension de qui je suis et ce que je suis venue faire. Avoir donné du sens, c'est ça le miracle de Dora, du sens à ma vie, au-delà de juste faire des enfants, travailler pour les nourrir.

Charles est bluffé par l'assurance d'Hortense qui semble si convaincue de sa nouvelle voie. Elle qui doutait tout le temps de tout, elle qui n'osait rien entreprendre, rien changer depuis des années… Il trouve ce nouvel élan très séduisant, même s'il ne peut s'empêcher de se demander comment Hortense va gagner sa vie. Dora n'a pas l'air de s'en sortir trop mal, mais y a-t-il de la place pour plusieurs « guérisseuses » à Nice ? Il entend beaucoup d'histoires de reconversion dans le domaine du bien-être. Il y a un vrai engouement pour ce secteur : masseuses, profs de yoga, hypnothérapeutes, coachs de vie, on en voit pousser de partout. Il y a même une école qui a ouvert à Saint-Laurent-du-Var. Pourtant, il ne connaît pas grand monde qui en consulte. Et lui, est-ce qu'il faudrait qu'il consulte quelqu'un ? Comment va-t-il faire pour se mettre à niveau, pour évoluer comme Hortense le lui a demandé ? Quel sens donne-t-il à sa vie ? Il adore donner des cours de voile, c'est sa passion, mais c'est plus sur l'aspect personnel que c'est compliqué pour lui de trouver du sens. Sa vie amoureuse, il la voyait un peu comme le moyen de fonder une famille, ce qui est vital à ses yeux, mais il commence à comprendre qu'Hortense est bien plus que la potentielle mère de ses enfants. Elle lui permet de se remettre en question, elle accepte sa part de responsabilité là où toutes les autres l'auraient largué comme il le méritait après son écart stupide avec Angela. Non, il faut vraiment qu'il fasse quelque chose.

Et s'il allait chercher des conseils auprès de ce libraire qui a fait découvrir Dora à Hortense ?

Enthousiasmé par l'idée, il fonce prendre son vélo et se laisse glisser jusqu'à la boutique. Par réflexe, il regarde autour de lui avant d'entrer : il n'aimerait pas que quelqu'un le voie entrer dans ce temple du développement personnel.

À l'intérieur, Charles se sent un peu comme un intrus parmi les grigris et les attrape-rêves. Il scanne les noms de sections : « Astrologie », « Numérologie », « Oracles », « Spiritualité », bien trop perché... Le rayon « Développement personnel » lui semble moins dangereux. Il s'y rend discrètement en espérant que le libraire, un barbu à lunettes vêtu d'un ensemble en lin blanc immaculé, ne remarquera pas sa présence.

— Bonjour, bienvenue, qu'est-ce que vous cherchez comme type de livre ?

« Raté pour la discrétion », pense Charles. Finalement, ce n'est peut-être pas plus mal d'être dirigé vers un livre plutôt que d'avoir à affronter seul l'embarras du choix.

— Je, euh…

Que dire ? « J'ai trompé ma femme qui travaille sur elle comme une dingue, et j'ai besoin d'un livre miracle pour être à la hauteur ? » Mmm… Non, il va falloir trouver mieux.

— J'essaie de commencer à travailler sur moi, euh… je suis plutôt… pragmatique, j'ai besoin de conseils très pratiques pour donner plus de… euh… sens à ma vie personnelle, améliorer la communication, je ne sais pas trop… mais pas des trucs de magazine féminin… vous voyez ce que je veux dire ?

— Pour commencer à travailler sur soi, il y a un excellent livre, très facile d'accès, et écrit par un homme. Je pense que cela pourrait vous correspondre. Il s'agit de Marshall Rosenberg. Il est médiateur pour l'ONU, entre autres.

Le libraire attrape un livre sur la table.

— *Les mots sont des murs, ou bien des fenêtres* est à la fois son parcours personnel et une méthode très pratique pour reconnaître ses besoins et les exprimer clairement et sans agression. C'est un excellent moyen de commencer un parcours d'évolution personnelle.

Il tend le livre à Charles, qui se demande à quel point il doit prendre au sérieux ce type plus blanc que sa blouse, à la barbe lisse et brillante. Quel étrange personnage… Après, le livre a l'air bien, pas trop épais. Il accepte de le regarder de plus près.

— Lisez les premières pages, si vous voulez. Et si ça ne colle pas, je vous proposerai autre chose.

Charles, qui n'a pas très envie de passer plus de temps dans cette librairie bizarre, avec cette odeur d'encens qui lui devient presque insupportable, décide que ça fera l'affaire. Sans lire quoi que ce soit, il se dirige vers la caisse, sort son portefeuille et règle le livre qu'il range dans son sac à dos. Il ne manquerait plus que quelqu'un le voie avec un sac de cet endroit !

CHAPITRE 30

Hortense a décidé de s'autoriser un autre coup de fil. Elle qui pensait pouvoir rester isolée, elle se rend compte qu'elle a besoin de discuter avec sa meilleure amie, de prendre du recul sur ce qu'elle vit. Sa discussion avec Charles lui a fait du bien, il a étonnamment bien pris son idée de reconversion. Elle est agréablement surprise par son ouverture d'esprit, mais elle se méfie un peu, elle a besoin du bon sens d'Ingrid pour y voir plus clair.

— Hortense ! Tu peux téléphoner de ta cabane ?

Hortense s'est assise sur le clic-clac, sa tasse de thé fumant dans la main, le téléphone calé contre l'épaule.

— Oui, bien sûr ! Je ne l'ai pas fait jusqu'ici car je n'en ai pas ressenti le besoin, mais Charles m'a appelée hier et ça m'a donné envie de renouer un peu avec le monde extérieur.

Hortense prend une gorgée de thé.

— Alors, comment ça se passe ? demande Ingrid. Qu'est-ce que tu fais toute la journée ? Et avec Charles, vous n'êtes plus fâchés ?

— Dora m'a convaincue de lui laisser une chance. J'aime sa façon de voir la vie : chaque difficulté que tu rencontres, à travers une personne ou une situation, est une opportunité de te remettre en question, d'évoluer, de prendre la responsabilité de ton bonheur.

— Moui... Enfin, là, il t'a trahie. En quoi tu es responsable, selon toi ?

— J'étais devenue l'ombre de moi-même, je n'étais plus vivante, je détestais mon job sans vraiment m'en rendre compte, je faisais peser ça sur lui et je n'arrivais pas à concrétiser notre famille. Je comptais sur lui pour être à la fois mon père, ma mère et mon confident. Je peux comprendre qu'il en ait eu marre, qu'il ait eu besoin de voir, entendre, vivre autre chose.

En le disant à voix haute, Hortense remarque à quel point elle a pris du recul sur sa situation.

— Oui, enfin, de là à te tromper, quand même… pile au moment où vous étiez en train de retrouver l'élan de votre couple…

— Ce n'est pas que je trouve ça acceptable ou juste de sa part. C'est que j'ai décidé de travailler sur moi plutôt que d'exiger des choses de lui. De trouver ma place, mon centre, et voir si notre couple s'en voit transformé. Exiger des excuses, des promesses qu'il ne tiendra peut-être pas, ne m'a pas semblé utile ou intéressant. J'ai préféré évoluer, apprendre à me sentir pleine, forte et libre. Tant mieux si cela donne un élan de renouveau à notre couple, tant mieux s'il suit, il comprend et il évolue. Tant pis si je dois le laisser sur le bord du chemin. Maintenant, je ne compte plus sur lui pour combler mes failles et assurer ma confiance en moi, je m'émancipe. Et j'ai l'impression que ça lui plaît, et si ce n'est pas le cas, c'est que je m'étais trompée d'homme dès le départ.

Hortense se ressert un peu de thé.

— Wow, impressionnant ce chemin que tu as fait ! Et ton bébé ? Comment ça se passe ? Moi je viens de faire la deuxième échographie et tout va bien, c'est merveilleux, Hortense, je suis heureuse…

Hortense grimace en touchant son ventre.

— Je ne préfère pas trop m'attacher à cette grossesse. Pour l'instant, j'ai choisi de faire comme s'il n'était pas là. On ne sait pas ce qui peut se passer, je ne veux plus souffrir comme j'ai souffert.

— Hortense, ça n'a pas de sens, ce que tu racontes. Ce bébé est là, dans ton ventre, tu ne peux pas l'ignorer. En plus, tu vis avec la plus grande spécialiste francophone de la communication pendant la grossesse, quel énorme gâchis ! Si je pouvais communiquer avec mon bébé accompagnée par cette femme… Tu ne te rends pas compte !

Hortense est touchée en plein cœur par son amie. Elle ne s'attendait pas du tout à ça. Ingrid a raison : elle doit absolument demander à Dora de lui montrer pour la communication avec son bébé. Hortense parle avec les esprits, les animaux alliés, mais n'a aucun lien avec l'être qui vit dans son ventre, ça n'est pas logique. Elle s'endort en s'engageant auprès de son petit pois au cœur qui bat à apprendre dès demain matin à parler avec lui.

CHAPITRE 31

DORA, qui semble avoir deviné ce qu'Hortense va lui demander, suggère :

— Je te propose ce matin une session particulière, une session de communication avec l'âme de l'enfant que tu portes pour mieux l'accueillir, faire connaissance, voire découvrir son prénom, celui que cette âme a choisi pour cette incarnation.

Hortense, toujours aussi bluffée par la façon dont la chamane semble lire dans ses pensées, s'installe comme elle le lui a demandé.

La visualisation commence par un plongeon à l'intérieur d'elle-même, comme si elle devenait une toute petite cellule à l'intérieur de son propre utérus. Des sensations fortes remontent. Elle se sent seule, abandonnée, il fait froid dans ce ventre délaissé.

— Pose tes mains sur ton ventre. Mets de la lumière autour de toi, envoie de l'amour à cet enfant qui se sent isolé.

Hortense envoie de toutes ses forces tout l'amour dont elle est capable, dans un rayon de lumière chaude. L'atmosphère, tout d'un coup, se modifie : elle sent une vague d'amour intense en retour. De chaudes larmes coulent de ses yeux, des larmes de joie, d'accueil, d'ouverture.

— Connecte-toi à cette âme qui va s'incarner à travers toi, ouvre le canal, écoute.

Hortense n'entend rien, elle sent juste une présence magnifique, douce, bienveillante, et elle entend un prénom. Un prénom qui était déjà dans ses listes de favoris, mais qui semble s'affirmer bien plus fort que les autres. Sacha, une évidence. Et c'est un garçon, elle n'a plus aucun doute sur la question.

Elle est très impressionnée par tout ce qui a pu passer juste en se mettant à l'écoute, en ouvrant son cœur. Elle commence à percevoir ce que Dora veut dire quand elle parle de trouver les réponses à l'intérieur.

Le soir même, Hortense, trop impatiente de partager ses découvertes avec Charles, l'appelle.

— Hortense, je pensais justement à toi.

— Tu sais, jusqu'ici j'ai un peu mis de côté le fait que j'étais enceinte, j'avais trop peur…

Hortense resserre son gilet, elle s'est mise à l'extérieur pour passer son coup de fil mais il fait quand même bien frais.

— Je comprends, oui.

— Eh bien, ce matin, j'ai fait une session de communication avec Sacha. C'était incroyable.

— Sacha ? C'est le prénom que tu as choisi ?

— Non, c'est lui qui a choisi. C'est ce qu'il m'a soufflé pendant la méditation.

— Ça me plaît.

Hortense est soulagée : elle avait très peur que Charles s'oppose à ce prénom, et cela aurait beaucoup compromis leur avenir car elle a la certitude que c'est ce prénom-là que leur enfant a choisi.

— Si ça te plaît aussi, c'est que l'on est bien connectés tous les trois, c'est bon signe.

— Qu'est-ce que tu as appris d'autre à son sujet ?

— Je crois que c'est un garçon, et j'ai l'impression qu'il est bien décidé à venir, cette fois.

— Tu me promets que tu fais attention à vous deux, hein ?

— Je suis là pour ça, Charles. Et puis, on se retrouve bientôt.

— C'est vrai, j'ai hâte de te retrouver et de faire cette cérémonie. Tu sais que j'ai lu un livre de communication non violente ? C'est un super outil, ça va nous aider, je pense.

Hortense n'en revient pas. Son homme a vraiment beaucoup changé : non seulement il accepte sans ciller l'idée qu'elle puisse communiquer avec leur enfant à venir, mais en plus il lit du développement personnel. Qui l'eût cru ?

— Tu sais, avec les élèves, parfois, je m'agaçais, j'avais du mal à obtenir ce que je voulais. Avec les exercices de CNV, j'arrive à identifier mon besoin, le formuler clairement tout en respectant l'autre, il faut que je te montre, c'est magique !

— Concrètement, tu fais comment ?

— J'observe la situation. On dit qu'il faut prendre de la hauteur. D'ailleurs, c'est la girafe, le symbole de la CNV ! Au lieu de reprocher mon état à l'autre, j'en prends la responsabilité. Par exemple : « Je me sens en colère » plutôt que « Tu m'énerves ». Ensuite, je cherche mon vrai besoin, et je formule une demande réaliste. J'arrive aussi à compatir et demander à l'autre de formuler son besoin. Hier, avec un élève, j'ai réussi à désamorcer une situation compliquée : il voulait être remboursé de son cours, car il n'avait pas réussi à sortir du port. Au lieu de m'énerver comme je fais d'habitude, j'ai dit : « Je comprends votre déception. Savez-vous combien de temps j'ai mis pour partir seul en mer pour la première fois ? Trois mois. En naviguant tous les jours. En tant que professeur, j'ai besoin de plusieurs sessions pour montrer à un élève les bonnes postures, ce n'est pas un sport si accessible qu'il en a l'air. C'est la raison pour laquelle nous proposons des abonnements et nous acceptons rarement de faire un cours unique. Souhaitez-vous approfondir votre effort et progresser ? » Résultat, au lieu d'être obligé de le rembourser et de risquer un mauvais commentaire en ligne, je lui ai vendu l'abonnement trois mois et il est reparti ravi.

— En effet, ça a l'air efficace !

— Oui mais c'est complexe à maîtriser, un peu comme la voile : avant de réussir à bien formuler les choses de manière efficace, il faut se casser la figure plein de fois en essayant.

— Je comprends pourquoi ça te plaît, souligne Hortense en riant.

— Et c'est l'outil clé de l'éducation bienveillante, ça nous sera utile !

Rassurée par l'ouverture et l'envie de son homme de s'investir, elle se sent à nouveau très amoureuse de lui. Oui, vraiment, elle est presque contente de la tromperie de Charles, parce que, sans Angela, sans cet incident dans leur couple, ils n'auraient jamais fait ces pas de géant dans leur évolution.

CHAPITRE 32

C'EST LE GRAND JOUR, les retrouvailles entre celle qui s'est transformée et celui qui a inspiré son évolution. Charles est plein de gratitude face à la vie qui lui a permis de rencontrer une femme aussi exceptionnelle que la sienne. Il est tout de même un peu impressionné. Dora lui a demandé de ne rien dire en arrivant, d'aller s'installer devant la maison, au centre du cercle qu'elle a préparé. Il n'a jamais participé à d'autres rituels que les messes catholiques, son baptême, son mariage et le mariage de quelques amis autour de lui. Il n'a aucune idée de ce que cela peut impliquer. Il a préféré ne pas faire de recherches pour arriver complètement ouvert, sans a priori. Et puis de toute façon, en pleine saison, il n'a pas vraiment le temps de faire quoi que ce soit d'autre que travailler.

En sortant de la voiture, il repère tout de suite des branches feuillues qui dessinent un large périmètre dans lequel deux plus petits cercles sont délimités par des fleurs. C'est simple, sans prétention. Il avait un peu peur de quelque chose de trop… il ne sait pas quoi. Il s'installe dans le cercle de gauche qui, comme le lui a précisé Dora, représente le masculin sacré. Il se sent un peu idiot, seul dans son cercle de fleurs. Heureusement, rapidement, Hortense arrive. Elle est rayonnante, c'est incroyable l'effet de ce séjour, comme si elle avait ôté une vieille peau terne qui éteignait sa lumière. Charles n'imaginait pas qu'on pouvait se transformer autant en ne passant que par l'intérieur. Dora suit Hortense, un plateau avec deux tasses fumantes à la main.

— Bienvenue, Charles, dans ce cercle dédié à votre amour. Hortense, tu peux entrer et te placer assise face à lui.

Elle leur tend les tasses.

— Ce rituel nous vient des Mayas, qui considéraient la déesse du cacao comme celle de l'amour. L'amour de soi, l'amour de l'autre, au sens sacré du terme. Boire cette « médecine » permet l'ouverture du cœur. Gardez votre tasse en main, fermez les yeux et concentrez-vous sur votre respiration. Doucement, essayez d'accorder vos rythmes : cinq temps d'inspiration, cinq temps de pause, cinq temps d'expiration, cinq temps de pause. Et savourez cette délicieuse odeur de cacao.

Dora commence. Charles se concentre. Cette façon de respirer est dure à tenir, il s'essouffle, panique, puis finit par trouver son rythme. Et là, comme par magie, il lui semble que tout s'harmonise dans son corps, que l'énergie circule avec une grande légèreté, un peu comme après une session intense de sport.

Dora commence à faire chanter son tambour, tout en douceur, au même rythme que les battements de son cœur, comme s'il l'entendait en stéréo.

— Maintenant, posez une intention pour votre couple, chacun votre tour, à voix haute. Charles, tu commences.

Charles, qui n'a rien préparé, aurait pu paniquer, mais c'est comme si une partie de lui savait exactement ce qu'il y avait à dire. Il se laisse guider.

— Je pose l'intention d'aimer Hortense profondément pour tout ce qu'elle est, son ombre comme sa lumière, de lui ouvrir mon cœur avec toute l'intensité dont je suis capable.

Dora tourne autour d'eux en dansant et fait signe à Hortense de se lancer.

— Je pose l'intention d'aimer Charles dans sa vérité, et de m'aimer et m'apporter toute la douceur dont j'ai besoin pour cheminer sereinement à ses côtés en acceptant ses failles et les miennes.

Dora reprend sa danse, et ajoute :

— Déesse du cacao, protège cet amour que Charles et Hortense se portent. Envoie-leur douceur et intensité pour accompagner leur chemin.

Elle leur fait signe de sentir leur tasse, puis de boire.

Charles savoure la délicatesse du breuvage. Il boit en conscience, comme le lui a demandé Dora quand elle lui a expliqué le rituel. L'amertume du cacao rencontre la chaleur de la cannelle et d'un autre élément qu'il n'arrive pas à identifier. Peut-être du poivre ? De la cardamome ? Ça lui fait penser au chai, ce thé épicé qu'il a adoré boire pendant leur voyage de noces en Inde.

Le son du tambour s'intensifie, c'est le temps du voyage. Ils s'allongent main dans la main. Charles ferme les yeux et visualise l'entrée du puits au fond du jardin de sa grand-mère. Il y plonge et continue de nager pour atteindre les profondeurs de la terre. Il se sent léger, il danse dans l'eau, tourbillonne, sautille, il se sent vivant, profondément vivant, libre et aimé, vibrant et présent. Il danse et se retrouve face à un serpent qui danse avec lui, leur danse est intense, ils se glissent l'un contre l'autre, il comprend qu'il est un serpent lui aussi, et cette danse lui fait songer au symbole que l'on voit parfois sur les enseignes de pharmacie, ces deux serpents enlacés autour d'une coupe. La relation est si puissante avec cet autre serpent qu'il se sent presque gêné, il y a quelque chose de sexuel. Il lâche et s'y abandonne.

Le son du tambour de Dora change, il est plus fort et plus rapide, Charles comprend que le voyage se termine. Il salue le serpent et remonte à la surface de la terre. Quand il ouvre les yeux, face à lui, le regard d'Hortense est d'une force qui manque le clouer au sol. Il se sent transpercé et follement amoureux de cette femme dont il ne mesurait décidément pas la puissance.

Dora clôture le cercle, remercie les esprits et invite Charles et Hortense à se lever et envoyer toute leur gratitude à la déesse du cacao qui leur a permis ce magnifique voyage. Il prend la main d'Hortense et ils sortent ensemble du cercle pour aller s'asseoir un peu plus loin, sur le petit banc devant la cabane. Dora s'éclipse pour les laisser se retrouver.

Charles prend Hortense dans ses bras.

— Merci de m'avoir fait découvrir cet univers, ça donne une autre dimension à ma vie… Je n'avais jamais vécu quelque chose d'aussi fort.

— Je suis si heureuse que tu sois ouvert à mes explorations. Merci de m'avoir fait confiance.

Épuisés et rassurés, ils s'endorment l'un contre l'autre sur le petit banc, dos à la cabane.

CHAPITRE 33

HORTENSE SAUTILLE DANS LA RUE. Depuis qu'elle est rentrée de sa retraite, il y a déjà deux mois, elle se sent comme une enfant, légère, insouciante, joyeuse. Elle continue sa formation auprès de Dora qui lui apprend maintenant le reiki et lit des dizaines de livres sur la thérapie par le chamanisme, les énergies. Elle s'est aussi inscrite à une formation de naturopathe qui la passionne. Elle a l'impression d'avoir enfin trouvé sa place. Aujourd'hui, elle déjeune avec son père. Elle ne l'a pas revu depuis sa retraite, car elle avait peur qu'il la fasse retomber de son petit nuage ; mais à force d'invitations refusées, elle a décidé d'affronter la réalité. Elle marche, ou plutôt gambade sous le soleil pour se rendre dans le petit bistro en face de la boutique de Julien.

— Ma chérie, enfin ! dit-il en l'accueillant à table. Alors, raconte-moi ! Comment cela se fait-il, que tu n'aies plus une minute à toi alors que tu es au chômage ?

— Je vais devenir guérisseuse, papa.

Hortense n'en revient pas d'avoir lâché ce mot qu'elle n'assumait pas encore hier, surtout devant son père, la personne la plus réfractaire à la spiritualité et aux médecines douces au monde. Mais la suite la choque encore plus :

— Bravo ma fille, ta grand-mère aurait été fière.

Non seulement il ne se moque pas d'elle, mais en plus, il la félicite. Elle a beau creuser dans ses souvenirs les plus lointains, elle n'arrive pas à retrouver d'autres moments où son père l'a félicitée pour quoi que ce soit. Même quand elle avait été embauchée à la radio, il avait fait une blague douteuse.

— Je ne sais pas si elle aurait été fière, car elle considérait que seule l'acupuncture avait la moindre valeur, non ? Le reste, c'était du charlatanisme à ses yeux…

— Peut-être, mais je pense que le fait que tu sois dans la relation d'aide et de soin lui aurait beaucoup plu de toute façon. Et surtout, je te trouve rayonnante, ma chérie. Je ne sais pas ce que tu as fait, mais ça a l'air de te réussir !

— J'ai continué de dénouer les héritages familiaux, j'ai travaillé sur moi, j'ai appris à me soigner, à soigner les autres. C'est long, parfois décourageant, mais je sens que je suis sur la bonne voie et ça me donne des ailes.

— Tu sais, je pense que tu as trouvé exactement ce qui te manquait. La radio, ça restait trop superficiel pour toi. Tu as une écoute profonde, une présence apaisante… J'ai toujours pensé que tu prendrais la suite de ta grand-mère, d'une façon ou d'une autre.

Hortense est à la fois un peu vexée que son père ait vu plus clair qu'elle-même dans sa personnalité, et rassurée. Elle imaginait vraiment que lui révéler ses ambitions allait beaucoup nuire à leur relation. Il y a vraiment une forme de magie à être authentique, elle le constate de plus en plus.

Hortense a une soif d'apprendre qui semble insatiable. Elle fait trois formations en même temps : du reiki avec Dora, de la naturopathie et aromathérapie en ligne, et elle s'est même inscrite à un cours d'hypnose du soir que son père finance. Lui qui semblait si réfractaire à ce monde-là pendant tant d'années ! Son revirement continue d'étonner Hortense. Il semble avoir été convaincu par la joie qui émane de sa fille.

Les jours et les semaines passent à une vitesse terrifiante. Heureusement, la saison est vraiment terminée pour Charles qui est à bout. Il va enfin pouvoir souffler un peu. Il accompagne ce matin Hortense pour l'échographie des cinq mois. Cinq mois, c'est incroyable, il a l'impression que leur cercle avec Dora a eu lieu il y a un mois à peine.

— Alors, grossesse classique, rien de particulier à signaler ? Bien. Installez-vous là.

Le docteur Giron, comme à son habitude pressée, semble ne pas se souvenir d'Hortense, de ses fausses couches, de sa sensibilité. C'est quand même fou, alors qu'elle la suit depuis plusieurs années. Bientôt deux ans qu'ils espèrent un enfant. Il apparaît sur l'écran.

— Alors les doigts : un, deux, trois, quatre, cinq, à droite c'est bon, à gauche : un, deux, trois, quatre, cinq. OK, les pieds…

Le docteur Giron énumère chaque élément du corps de leur petit Sacha. Le cœur de Charles s'accroche et s'apaise un peu plus à chaque « OK ». Hortense semble relativement sereine, elle semble bien concentrée. Charles en conclut qu'elle doit être en pleine communication avec celui qu'il considère déjà comme leur enfant, ce qui achève de le rassurer.

— Tout va bien, venez à mon bureau une minute.

Charles aide Hortense à réunir ses affaires, puis s'installe face au docteur Giron.

— Voilà l'ordonnance des vitamines et compléments alimentaires. Il faut prendre rendez-vous avec l'anesthésiste pour l'accouchement. Vous avez le temps, mais ne traînez pas trop, on ne sait jamais.

— Et si je veux accoucher par césarienne ? demande Hortense.

Charles a beau être au courant de sa peur de l'accouchement, il est quand même étonné de la demande très directe d'Hortense.

— C'est-à-dire ? Vous avez peur d'une césarienne éventuelle ? Voyez avec l'anesthésiste, il pourra vous rassurer.

— Non, je ne veux pas accoucher naturellement, j'ai peur pour mon bébé. Enfin, vous voyez ce que je veux dire…

— Non.

« Décidément, le docteur Giron ne fait pas dans la dentelle », se dit Charles.

— J'aimerais programmer une césarienne. Je ne sais pas, moi, trouvez un prétexte : mes hanches trop rapprochées ? Mon bassin un peu tordu ?

— Ah oui, bien sûr, nous pouvons arranger ça.

Hortense ne semble pas vraiment soulagée par la réponse du docteur Giron. Charles lui propose en sortant du cabinet de rentrer en discuter tranquillement.

— Tu es sûre que tu veux une césarienne ?

Hortense le regarde, étonnée.

— Oui, on en avait parlé… J'ai vraiment peur que l'accouchement se passe mal, et avec les soucis qu'on a eus, je ne veux pas prendre le moindre risque.

— Je comprends, je me demandais juste si c'était aligné avec ton évolution, s'il ne fallait pas faire quelque chose pour cette peur. Tu penses que Dora pourrait t'aider ?

Charles espère ne pas avoir vexé sa femme, mais il trouve un peu décalée cette envie de médicaliser à outrance un accouchement qui, pour l'instant, ne semble pas poser de souci particulier.

— Je vais y réfléchir. Tu as peut-être raison.

Charles, rassuré par sa réaction ouverte, la prend dans ses bras. Il a conscience de tous les efforts qu'elle doit mettre en œuvre pour devenir mère et l'en remercie mentalement.

CHAPITRE 34

CHEZ DORA, la semaine suivante, Hortense a un peu honte de confier sa peur d'accoucher. Elle qui est censée avoir évolué spirituellement, qui communique avec les esprits et même avec son enfant, elle se sent ridicule de ne pas pouvoir gérer ça elle-même.

— Dora, j'ai demandé à ma gynécologue de programmer une césarienne alors qu'il n'y a aucune raison particulière de s'inquiéter, pas de souci médical, j'ai juste un mauvais feeling.

— D'où vient ce sentiment ? C'est ton bébé qui te demande ça ?

— Je ne crois pas, je n'arrive pas à savoir. C'est comme si j'étais sûre que Sacha allait mourir en naissant. Je ne suis même pas sûre que la césarienne puisse régler le souci.

— Ta mère t'a eue comment ?

— Césarienne programmée.

— Oui, ça joue, mais il y a plus lourd comme énergie. On va faire un soin.

Hortense s'allonge, ferme les yeux, elle sent la main de Dora se poser sur son bras droit. Lui vient tout de suite une scène horrible. Un bébé qui hurle, qui souffre, qui a faim. C'est elle, elle va mourir de faim.

— Parle-moi, Hortense, sors cette vision de toi.

— Je suis un bébé et je meurs de faim, c'est horrible, on me torture.

— Qu'est-ce que tu en conclus ?

— Que je ne mérite pas de vivre. On me donne un biberon mais il ne coule pas. Je n'ai pas le droit d'être là.

— Qui te donne ce biberon ?

— Ma mère.

— Bien, va voir ce bébé, rassure cette petite fille effrayée, dis-lui que sa mère ne veut ni la torturer ni la tuer, elle a juste oublié de percer le biberon.

Hortense se met à pleurer, pleurer, de soulagement, comme si une montagne de poids sur ses épaules avait subitement explosé. Elle rassure sa petite fille intérieure qui s'apaise doucement. Elle lui fait un câlin et sent son rythme cardiaque redescendre. Elle sent aussi la douceur de Sacha qui est présent et bien vivant. Elle sent qu'il la remercie d'avancer dans sa guérison et qu'il participe à la cicatrisation de ses blessures passées.

— Te sens-tu accueillie et aimée ?

Hortense, qui ne s'attendait pas du tout à cette question, ne sait de quel point de vue répondre. La petite fille en elle ? Celle qu'elle est devenue aujourd'hui ? Et elle, est-elle prête à accueillir et aimer son fils ? Les trois questions sont liées. L'image du biberon la ramène à sa mère, au peu de fois où elle a été dans ses bras, à la distance qu'il y a toujours eue entre elles, avant comme après son départ.

Quelque chose coince encore à ce niveau. Plus elle sent monter l'amour maternel en elle, plus elle a du mal à comprendre l'indifférence de sa propre génitrice.

Lorsqu'elle l'explique à Dora, celle-ci répond :

— Tu ne peux pas comprendre ta mère. En revanche, tu peux sentir que c'est sa propre détresse intérieure qui l'a empêchée d'exprimer son amour maternel. Le vide d'amour qu'elle a vécu et qu'elle a reproduit. Envoie-lui de l'amour, de la douceur, accepte-la comme elle est, c'est la seule façon de t'accepter toi aussi pleinement. Grâce à ce pardon, tu vas t'autoriser à donner la vie, d'abord à toi-même, en te sentant vibrante, en mettant en mouvement ton corps, et ensuite en acceptant de pouvoir être mère sans avoir peur de reproduire ce que tu as subi.

En sortant de son cabinet, d'un seul coup, elle décide de foncer directement à Monaco. Après tout, c'est à peine à une heure de route. Elle monte dans sa voiture et règle le GPS sur l'adresse de sa génitrice. Elle ne prend pas le temps de s'arrêter prévenir Charles, ça lui laisserait l'occasion de se défiler. Elle doit régler cette histoire maintenant, elle le sent.

Sur l'autoroute sinueuse, elle va le plus vite possible pour ne surtout pas réfléchir à ce qu'elle est en train de faire, ne surtout pas intellectualiser. Elle prend la sortie Monaco, suit les indications de la voix féminine métallique, et se retrouve rapidement devant le portail imposant de la demeure de sa mère. Moment de vérité. Elle ouvre la vitre et sonne : une caméra s'allume et une lumière manque lui crever les yeux. Une voix monocorde lui demande :

— Qui dois-je annoncer ?

— Hortense, je viens voir Sylvie.

— Êtes-vous attendue, madame ?

— Non.

Hortense craint un instant avoir fait la route pour rien. Peut-être que sa mère ne la recevra même pas. Le portail s'ouvre. Soulagée malgré le stress de la rencontre imminente, elle avance et se gare sur les graviers qui crissent. Elle monte les marches du perron et un domestique l'installe dans un genre de salle d'attente. Hortense reconnaît à peine cette maison dans laquelle elle n'a pas mis les pieds depuis bien quinze ou seize ans.

Sa mère ouvre la porte et reste dans l'embrasure.

— Ma chérie, quelle joie de te voir, quel bon vent t'amène ? lance Sylvie en ayant l'air de penser l'exact inverse, le corps tendu vers l'arrière comme si elle avait peur d'une étreinte de sa fille. Suis-moi, j'allais prendre mon thé dans le jardin d'hiver.

Elles traversent plusieurs couloirs climatisés pour arriver dans une grande verrière pleine de plantes exotiques où est installé un tea time digne du Ritz.

— Installe-toi.

Un domestique sert le thé brûlant dans les tasses en porcelaine, puis s'éclipse rapidement.

Hortense se concentre. Elle doit dire ce qu'elle a à dire, mais au fait, que veut-elle dire ? Qu'est-elle venue faire ? Trouver des raisons de lui pardonner ? Faire une dernière tentative de lien ? Elle remarque qu'elle n'en a aucune idée. Elle sent juste qu'elle a passé sa vie à attendre le jour où elle pourrait enfin renouer avec sa mère, enfin avoir vraiment une maman, et que ce jour n'arrivera jamais. Elle a perdu tant d'énergie à essayer, à réparer, à tenter d'approfondir leur lien pour rien, seule face à des montagnes d'indifférence.

— Tu es enceinte, Hortense, remarque soudain Sylvie. Tu ne m'as rien dit ?

Frappée par cette réalité – c'est vrai qu'elle n'a même pas pensé à prévenir sa mère –, Hortense se sent minable. Sentiment qu'elle connaît bien. Oui en fait, elle se sent minable à chaque fois qu'elle voit sa mère.

— Euh… non, maman, il s'est passé tant de choses, tout est arrivé si vite…

— Enfin, tu as bien l'air d'être à huit ou neuf mois, là, non ?

Hortense regarde son ventre. Non, elle est à un peu plus de cinq mois, est-elle si grosse que ça ? Elle se sent moche d'un coup, pleine de gras, de cellulite. Elle respire, touche son ventre et se rend compte que non, il n'est pas si gros que ça. Elle regarde ses cuisses, ce n'est pas si dramatique. Et là, elle comprend. Elle comprend que, encore une fois, c'est la vision de sa mère qui lui renvoie cette image déformée.

— Non, bientôt six mois.

— Ah ? On dirait vraiment beaucoup plus, ma chérie, tu devrais faire attention. Charles pourrait avoir envie de se consoler ailleurs.

Hortense, blessée, manque lâcher le fait que c'est déjà arrivé. Puis elle se ravise, retient la tristesse qui la traverse. Lorsqu'elle est touchée, Sacha le sent, il est aussi blessé par sa peine. Cette pensée la met dans une grande colère.

— Maman, je ne peux plus. Je suis venue te dire que j'ai passé ma vie à attendre qu'on se rapproche, qu'on devienne complices, qu'on se soutienne, qu'on se parle, que tu m'aides de temps en temps à m'en sortir, que tu sois un soutien dans ma vie comme tout parent, et je me rends compte que ce moment n'arrivera jamais.

— Hortense, tu mènes ta vie de bohème avec ton Charles qui arrive à peine à joindre les deux bouts, tu perds ton temps à Nice alors que tu pourrais faire carrière à Paris, tu refuses de te bouger, de trouver un meilleur parti, et après tu viens te plaindre que tu n'as pas de sous, que la vie est dure et que je ne suis pas assez présente pour toi. Moi ce que je pense, c'est que tu espères que je t'entretienne, que je finance ta vie pour que tu puisses te la couler douce. Ah ça, non. Jamais.

— Je ne t'ai jamais rien demandé ! Enfin si, une fois, de financer mes études de journalisme, ce que tu as refusé, et une fois de m'aider à acheter un vélo pour me déplacer pour le travail. Et là aussi, tu as refusé.

— Et les sacs que je t'ai offerts et que tu as vendus ?

— Porter un sac de luxe me met mal à l'aise. En revanche, quand j'en reçois un en cadeau et que j'ai besoin de m'acheter un vélo, oui, je le vends, je ne vois pas où est le souci.

— Le souci, c'est que j'essaie de t'aider à avoir un statut social, et toi tu abandonnes avant d'avoir essayé.

— J'en ai assez de tes reproches, maman, je mérite d'être aimée, encouragée. Si j'avais une fille comme moi, je serais fière.

— Moi, j'en ai assez de tes jérémiades. Là, je perds mon temps à t'écouter. Tu sais que là je pourrais être en train de me faire masser ? Mais j'ai dû demander à mon masseur d'attendre, de décaler de trente minutes pour t'accueillir, tout ça pour me faire insulter. Franchement, tu me fais honte.

— Je crois qu'on s'est tout dit. Vraiment, je m'attendais à tout sauf à ça. Je pensais qu'au pire on resterait sur de la politesse froide. Je n'imaginais pas que tu avais une image si affreuse de ta fille. En fait, tu as honte de moi. C'est peut-être pour ça que tu as toujours essayé de m'écarter de ta vie depuis que tu es partie. Je salissais ce joli tableau.

— Tu es ridicule, Hortense. Tu le regretteras un jour.

— Adieu, maman. Je nous pardonne de ne pas avoir réussi à nous entendre. Je laisse tomber, pour ma part, j'ai tout essayé, dommage.

Hortense, sentant les larmes monter, court jusqu'à la porte, grimpe dans sa voiture et repart aussi vite qu'elle est venue. Elle s'arrête sur la première aire d'autoroute. Les larmes la submergent, c'est vraiment fini, elle n'a plus de maman. Même si en réalité elle sait bien qu'elle n'en a jamais eu, c'est dur à avaler. Elle va devoir encore travailler pour réussir à faire complètement le deuil de sa mère. Après avoir dû faire le deuil d'un petit pois au cœur battant et d'un espace vide dans son ventre, elle sait qu'elle peut tout surmonter.

Elle ferme les yeux, appelle de toutes ses forces sa maman ourse et son serpent allié. Elle sent leur présence, leur amour, et juste au moment où elle se dit qu'elle est quand même un peu folle, elle voit par la fenêtre de sa voiture un petit garçon qui porte un pull avec un ours brun et montre à sa maman une affiche avec un serpent.

Rassurée sur sa connexion à l'invisible, elle se détend un peu et reprend la route, sentant que chaque kilomètre qui l'éloigne de cette mère froide et toxique la soulage un peu plus.

Quand Hortense arrive chez elle, son téléphone vibre dans sa poche. C'est un message d'Ingrid : « Joseph est né ! Tout s'est bien passé, je suis épuisée mais ravie. Raoul est si fier d'être papa, on est très heureux. J'espère que ton Sacha va bien. »

Hortense se retient d'appeler sa meilleure amie pour la laisser savourer ce moment. Elle ne pourrait pas se retenir de lui raconter tout ce qui s'est passé avec sa mère. Elle l'appellera demain pour avoir tous les détails de l'accouchement.

CHAPITRE 35

Une Hortense vivante et vibrante, c'est très différent d'une Hortense qui ne se donne pas le droit d'exister. En un peu plus d'un mois, Hortense a ajouté à son emploi du temps des cours de yoga prénatal, des cours de danse sensorielle improvisée, et des marches matinales le long de la mer d'une à deux heures. Elle se rend à ses cours d'hypnose à pied et elle regarde ses cours de naturopathie en visio assise sur une boule de Pilates. Elle est même allée rendre visite deux fois par semaine à Ingrid pour s'occuper du petit Joseph et lui donner un peu de répit. Elle a une énergie qu'elle n'avait jamais connue. Elle n'a que faire des remarques de sa gynécologue qui a tenté de lui expliquer que ce n'est pas le meilleur moment pour se mettre au sport, elle en a besoin, Sacha approuve, le reste importe peu. Aujourd'hui, elle est un peu stressée car c'est son rendez-vous avec l'anesthésiste.

La clinique ressemble à toutes les cliniques : c'est blanc et ça sent le désinfectant. Une infirmière l'accueille et lui indique une salle d'attente pleine. Elle attend debout sur le côté, sans pouvoir demander une place à qui que ce soit vu que toutes les patientes sont aussi enceintes. Après trente minutes, une porte s'ouvre, une femme appelle un nom qu'elle ne comprend pas, une place se libère, elle va s'asseoir. Au bout de quarante-cinq minutes, elle prend le risque de perdre sa place pour aller vérifier avec la personne de l'accueil si elle a bien été annoncée ou si elle s'est trompée d'horaire. Non, le rendez-vous est bien noté, le docteur Filibond est juste très en retard, comme toujours.

Trois thés à la menthe trop sucrés et trop brûlants plus tard, le docteur Filibond l'appelle enfin. C'est un homme à l'air pressé, comme s'il avait un train à prendre dans la minute, alors qu'il a plus d'une heure de retard. Il lui montre la chaise en plastique en face de son bureau sans lâcher un bonjour. S'excuser ne lui vient pas non plus à l'esprit. Pour tout échange, il tend à Hortense un contrat de dix pages qu'elle doit signer sans ambitionner de le lire. Il n'a pas le temps, et puis c'est sans importance, c'est juste la routine administrative, dit-il.

Elle hésite à signer directement pour tenter de se le mettre dans la poche. Après tout, c'est quand même de lui que va dépendre son niveau de souffrance, voire sa survie le jour J, alors autant s'en faire un ami, non ? Puis elle ose une question juste pour être bien sûre.

— La péridurale, est-ce vraiment sans risque pour le bébé ? Est-ce que ça ne nuit pas au travail de ne rien sentir ?

Elle se fait la réflexion qu'elle pousse un peu pour une fille qui ne jurait que par son ami César la minute précédente, mais elle a besoin d'y voir clair. La réponse tombe comme une hache sur un sapin de Noël :

— Madame, ici on fait 98 % de péridurales, et les 2 % sont celles qui n'ont pas pu arriver à temps pour avoir l'injection.

C'est l'électrochoc qu'il lui fallait. Elle se réveille d'un trop long sommeil. Il est hors de question qu'elle confie ce moment clé de son existence à ce type imbuvable et au docteur Giron pour qui elle n'est qu'un ventre muni d'un portefeuille. Non, impossible de se dire qu'elle va donner la vie à un enfant entre leurs mains, plutôt crever.

Hortense sort de la clinique en larmes. Elle accouche en théorie dans six à sept semaines tout au plus et elle n'a personne pour lui tenir la main. Ni le docteur Giron, ni le docteur Filibond à qui elle doit dire oui sans poser aucune question ne sont taillés pour le rôle.

Instinctivement, elle appelle sa meilleure amie. Ingrid a toujours une solution à tous les problèmes de la vie. Aujourd'hui sa solution s'appelle Paloma, elle est sage-femme.

Hortense l'appelle dans la foulée tout en se disant qu'aucune personne raisonnable n'acceptera de prendre en charge une femme enceinte de sept mois passés sans aucune préparation et sans clinique fixe. Coup de chance, Paloma Solette n'est pas raisonnable.

— Cabinet de Paloma Solette, bonjour.

— Bonjour, j'aimerais parler à Paloma, s'il vous plaît.

— Elle est en vacances, c'est urgent ?

— Un peu. Disons que je suis à un peu plus de sept mois et je n'ai personne pour m'accompagner.

— Ne bougez pas, je vous transfère sur son portable.

Hortense tombe sur une femme charmante, disponible, réconfortante, qui prend une heure de ses vacances à l'écouter. Elle lui raconte l'anesthésiste imbuvable, la gynécologue robotisée, puis les fausses couches, ses peurs, ses angoisses, son absence totale de préparation. À son grand étonnement, Paloma ne la sermonne pas. Elle pose des questions justes, intelligentes, elle a la voix douce, elle arrive à la consoler, la rassurer, lui redonner espoir en l'humanité et surtout en la possibilité d'un accouchement humain, loin des anesthésistes méprisants et des gynécologues sans cœur. Elle la briefe sur les démarches à faire avant le rendez-vous à son retour, parce que oui, bien sûr, elle accepte de la suivre, de l'aider, de l'épauler. Elle lui ouvre son carnet d'adresses et l'envoie de sa part chez une ostéopathe et une acupunctrice.

Affronter la réalité d'un accouchement médical a créé un choc chez Hortense, comme si tout cela faisait partie d'un monde qui ne lui correspond plus. Pourtant, elle ne se sent pas non plus assez forte pour accoucher dans la douleur. Elle espère que Charles pourra lui donner le soutien nécessaire pour qu'elle dépasse cette épreuve. Elle n'imaginait pas vouloir que son homme la voie accoucher, elle avait peur de ce qu'il pourrait penser, peur de le dégoûter, de ne plus lui faire envie. Dora l'a incitée à remettre cette croyance en question : et si traverser cette épreuve heureuse ensemble pouvait renforcer leur amour ? Alors elle a décidé de lui en parler, ce matin, au petit déjeuner.

Tandis que Charles se sert un deuxième café, Hortense se lance :

— Charles, accepterais-tu de m'accompagner pendant l'accouchement ? D'être à côté de moi tout le long ?

À la tête qu'il fait, Hortense sent qu'il n'avait pas vu venir sa demande.

— Euh… Je pensais plutôt fumer des cigares dans le couloir en attendant que ça passe, plaisante-t-il.

Hortense prend peur. Seule, elle ne pourra jamais accoucher. Même avec Paloma à ses côtés. Même avec un bain et des bougies. Même avec une playlist de ses chansons préférées. Elle se sent complètement découragée et ne sait plus quoi dire. Les larmes lui montent aux yeux.

— Ma chérie, tu es sérieuse ? Tu veux vraiment que je sois avec toi ? Je croyais que tu ne voulais surtout pas me mêler à tout ça !

— Je crois que je me trompais sur l'accouchement. Je pensais que c'était une affaire de femmes, mais en tant que père, tu as ton rôle à jouer, et je veux que tu sois là. Ça me semble essentiel, vital. Je n'y arriverai pas autrement.

Son aveu semble avoir un effet positif sur Charles. Il sourit.

— Alors, si c'est essentiel, je serai là. Après tout, c'est interdit de fumer, maintenant, dans les cliniques, alors…

CHAPITRE 36

PALOMA EST ENFIN RENTRÉE DE VACANCES. Hortense est assez émue de la rencontrer, inquiète un peu aussi quand même : et si elle ne lui plaisait pas en vrai ?

Hortense attend dans une grande salle au fond de laquelle des femmes enceintes jusqu'aux yeux apprennent à allaiter à l'aide de poupons en plastique. Et là, petit coup de panique pour Hortense : Paloma va-t-elle vouloir la convaincre d'allaiter ? Si Hortense s'est très récemment ouverte à la question d'un accouchement naturel, elle ne se sent pas du tout capable de donner le sein. Avec ses tétons ultra sensibles, elle aurait trop peur de souffrir le martyre.

Paloma apparaît dans l'encadrement de la porte. Elle est assez âgée, mais pétillante. Elle fait entrer Hortense dans son bureau. L'endroit est chaleureux, rempli de photos de bébés du sol au plafond, parfois avec des mots de remerciements. Paloma lui parle doucement, ne s'affole pas du fait qu'elle n'ait passé aucun des examens des dernières semaines et ne s'encombre pas de son absence d'inscription dans une clinique, elle en a une à lui proposer. Tout en elle est rassurant.

— Vous avez un projet d'accouchement ?

— C'est-à-dire ?

— Votre gynécologue ne vous en a pas parlé ? Il s'agit simplement de formuler ce que vous souhaitez dans l'idéal.

— Ah, oui. Comme je voulais une césarienne, en théorie, il n'y avait rien à ajouter.

— Alors réfléchissons-y ensemble : que souhaiteriez-vous si tout devait se passer parfaitement ?

— J'aimerais qu'il y ait le moins de personnes possibles. Juste moi, mon mari, Sacha et vous.

— Qui est Sacha ?

— Mon fils, celui qui va naître.

— Et si j'avais une baguette magique, comment serait votre accouchement ?

— Rapide, facile. Sacha naîtrait en pleine santé, sans trop m'abîmer.

Une idée folle vient à l'esprit d'Hortense. Elle n'ose pas le dire, puis tente tout de même :

— J'aimerais aussi que la chamane qui a sauvé mon couple et m'a permis de faire le choix d'un accouchement naturel soit là aussi, pour jouer du tambour et m'aider à accoucher.

— Très bien. Des peurs ? Des doutes ?

— J'ai très peur de l'épisiotomie, si on pouvait éviter ça…

— Je vais vous donner une huile pour masser votre périnée et des exercices à faire pour prévenir le risque de déchirement. Autre chose ?

— Oui, j'hésite pour la péridurale. Est-ce que c'est dangereux ? Est-ce que la douleur est supportable sans ?

— Comme toute injection de produit anesthésiant, la péridurale représente un risque, et ce n'est bien sûr ni très bon pour le bébé, ni très facile de pousser correctement en étant coupée d'une partie de ses sensations. Sur un premier accouchement, ça risque de prolonger le travail. Pour ce qui est de la douleur, en travaillant sur le souffle et en étant bien préparée, ça devrait aller. Au pire, on peut toujours demander l'injection en cours de route. Quoi d'autre ?

— J'adore l'eau, est-ce que c'est possible d'accoucher dans l'eau ?

— Au départ, vous prendrez un long bain dans de l'eau très chaude. Vous pourrez ensuite choisir d'y rester au maximum ou d'en sortir.

Paloma prend des mesures, examine Hortense, écoute le cœur du bébé puis déclare :

— En théorie, vous devriez accoucher dans un mois, mais cela pourrait arriver bien plus tôt, tenez-vous prête. Avez-vous acheté des bodys taille naissance qui s'ouvrent sur le côté ? Des bonnets ? Voici la liste détaillée. Allez faire votre shopping aujourd'hui, on ne sait jamais.

— Paloma, pensez-vous que je doive allaiter ?

— Vous en avez très envie ?

— Non, pas du tout.

— Bon, alors la question ne se pose même pas. C'est déjà difficile pour celles qui le veulent à tout prix, alors si ça ne vous attire pas, vous risquez juste de ne pas être à l'aise. Il vaut mieux un biberon bien sélectionné, donné avec amour, qu'un sein tendu avec angoisse.

Hortense est bluffée qu'elle n'ait pas essayé à tout prix de la convaincre en lui servant des arguments imparables autour de l'évident bienfait pour la santé du bébé et autres avantages. Paloma marque de nouveaux points de confiance dans son cœur. Décidément, Hortense est tombée sur une fée.

CHAPITRE 37

TROIS SEMAINES PLUS TARD, Hortense est contrainte de se rendre chez le docteur Giron pour effectuer la dernière échographie. Elle traîne des pieds. C'est Paloma qui lui a conseillé d'y aller pour la prévenir qu'elle n'accoucherait pas avec elle, et pour faire cette échographie très importante avec quelqu'un qui a suivi le dossier depuis le départ, plutôt qu'un apprenti de laboratoire comme elle en a croisé pour son œuf clair.

— Hortense, comment se porte votre petite fille ?

Le docteur Giron la confond avec une autre patiente. Hortense aurait été dévastée mais, forte de sa rencontre avec Paloma, elle balaie la réflexion avec élégance.

— Sacha se porte bien. Enfin, j'espère c'est vous qui allez me le dire.

Le docteur Giron place la sonde et observe :

— Le bébé est en siège. À ce stade, les chances qu'il se retourne sont presque nulles. Ce sera donc une césarienne d'office.

Hortense fronce les sourcils.

— Mais j'aurais préféré accoucher de façon plus naturelle…

— Avec un bébé en siège, c'est beaucoup trop dangereux, je ne vous le recommande pas.

— Il pourrait se retourner d'ici là, non ?

— Les chances sont très faibles. Votre bébé est grand, il n'a pas de place.

Hortense essaie de ne pas passer en mode panique. Elle conclut rapidement l'entretien et, dès la porte passée, compose le numéro de Paloma.

— Paloma, c'est la catastrophe, mon bébé est en siège. Le docteur Giron dit que la césarienne est obligatoire.

— Tu lui en as parlé ?

— De quoi ? À qui ?

— À ton bébé. Demande-lui ce qu'il préfère, un accouchement naturel ou bien une césarienne. Et dis-lui que s'il veut arriver naturellement, il faut qu'il se retourne. On verra bien.

La sérénité de Paloma calme tout de suite Hortense qui, dans son affolement, avait presque oublié qu'elle pouvait communiquer avec Sacha.

À peine arrivée chez elle, elle entre en méditation et demande à Sacha de choisir entre la césarienne et la naissance naturelle. Il ne communique rien, elle est un peu inquiète.

Pendant le dîner, elle s'en ouvre à Charles :

— Tu sais, la gynécologue a dit que s'il restait comme ça, je ne pourrais pas accoucher naturellement.

— Et que dit Paloma ?

— Que le bébé va se retourner s'il veut une naissance naturelle, que je n'ai qu'à lui parler.

— Et tu l'as fait ?

— Oui.

— Alors aucune raison de s'inquiéter. Tu fais confiance à Paloma ? Elle pourra faire appel à un chirurgien pour te faire une césarienne le moment venu s'il le faut vraiment, n'est-ce pas ?

— Oui.

— Alors, tout va bien. Tu sais, peu importe ce qui arrive, ce qui est remarquable, c'est le chemin que tu as fait. Le mode opératoire de l'accouchement est un détail, c'est à Sacha de décider, aie confiance.

CHAPITRE 38

Malgré le soutien de Charles et le calme de Paloma, Hortense peine à s'endormir. Sacha bouge comme jamais. À 4 h 10 du matin, elle se réveille : elle a mouillé les draps, le comble. En se levant, elle sent une souffrance atroce. C'est donc ça, les fameuses contractions dont elles parlent toutes ? Non, ce n'est pas possible. Ça recommence, mais quelle horreur ! Ça ne va quand même pas être si violent pendant plusieurs heures, si ?

Hortense réveille Charles qui appelle Paloma et compte avec elle l'espace entre les contractions. Paloma lui confirme qu'elle a perdu les eaux : il est temps de se rendre à la clinique. Elle les y rejoindra directement et se chargera de prévenir Dora.

Arrivée à la clinique, Hortense, morte de trouille, se précipite aux toilettes. Devant l'air affolé de Charles, Paloma rigole :

— C'est souvent comme ça et tant mieux, ça évite les catastrophes pendant l'accouchement.

Charles se dit qu'il aurait préféré continuer sa vie paisiblement sans cette information.

Quand ils entrent dans la salle d'accouchement, Hortense est très surprise : on dirait une simple chambre d'hôtel. La lumière tamisée, les bougies, la musique douce… On est loin de la salle d'opération froide à la lumière crue qu'elle craignait. Paloma lui fait signe de s'installer sur le fauteuil et tâte son ventre, puis examine son col.

— Le bébé est en parfaite position, mais le col n'est qu'à trois.

Hortense est si soulagée de savoir que Sacha s'est retourné qu'elle en oublierait presque la douleur. Paloma lui fait couler un bain et Hortense plonge dedans.

— C'est brûlant !

— C'est normal, il s'agit d'accélérer l'ouverture du col. Ne t'en fais pas, tu vas t'habituer.

Hortense pense fondre.

Dora arrive, toujours aussi lumineuse même au milieu de la nuit. Elle salue rapidement Hortense et Charles et commence à faire chanter son tambour. Charles tient la main d'Hortense, mi-effaré par l'absence d'équipe médicale, mi-content d'être dans un contexte très cocon.

Paloma s'excuse : elle a du mal à se concentrer avec le tambour et s'absente quelques minutes. De toute façon, le col n'étant qu'à quatre, elle a le temps. Le son du tambour commence à bercer Hortense, le rythme intense, incontournable, synchrone avec les contractions – mais comment fait-elle ? – ce qui n'évite pas à la douleur de devenir de plus en plus violente, inacceptable. Hortense se sent révoltée : pourquoi doit-on subir tant d'âpreté ? Vexée, blessée, elle souffre et ne comprend pas ce qui lui arrive. La main de Charles menace de tomber en pièces détachées tant la pression qu'elle exerce dessus est forte. On prétend que la douleur est initiatique, à ce stade-là elle se dit qu'elle doit déjà être au moins druide ou gourou. Dora accélère le rythme de ses percussions. Hortense se met à pleurer. Jamais elle n'arrivera à supporter ça encore plusieurs heures, jamais elle ne pourra, elle réclame une péridurale.

— C'est trop tard, annonce Paloma, mais on va t'injecter du Spasfon, tu vas voir, ça va aller.

Hortense pleure de plus belle. Le col semble enfin assez ouvert pour passer à l'étape suivante. De toute façon, elle ne supporte plus la chaleur trop intense du bain, Paloma lui indique le lit et lui conseille de se suspendre au triangle qui le surplombe. Hortense a tellement mal qu'elle a peur de l'arracher du plafond, mais il semble qu'elle surestime ses forces, comme elle a surestimé sa résistance à la douleur. Quel enfer ! Voilà pourquoi on a inventé cette histoire de punition des femmes, sinon ce n'est pas acceptable. Elle souhaite très fort brûler vive toutes celles qui lui ont raconté que « l'accouchement, ce n'est pas si terrible que ça, tu verras, la douleur est tout à fait gérable ». Elle voudrait leur crever les yeux de ses mains, là, maintenant, pour qu'elles lui disent si cette douleur est gérable. « Gérable », mais quel mot affreux. Hortense se sent fâchée contre la terre entière, contre toutes celles qui disent avoir accouché en moins d'une heure, elle y est depuis plus de huit heures et pas l'ombre d'un bout de tête. Elle déteste toutes celles qui lui ont dit que ça serait super facile, elle maudit l'ostéopathe qui a prétendu préparer le chemin, merde, mais pourquoi on ne nous dit pas la vérité ? Pourquoi personne ne l'a prévenue qu'elle aurait envie de mourir ? Que ce serait le pire moment de son existence ? Qu'en plus de la peur et de la douleur, il y aurait la culpabilité, celle d'être incapable de pousser comme il faut, celle de ne pas arriver à se décentrer de soi et de sa douleur pour s'intéresser à son bébé, celle qui la ronge plus encore que les contractions en lui renvoyant à la figure toutes les préparations qu'elle n'a pas voulu suivre ? Elle s'accroche au regard de Dora, sa grande douceur lui fait un bien fou mais elle hurle sa rage, incapable de résister à cette pulsion de fureur. Le rythme du bip de la machine s'accélère, Paloma dit que le bébé a des difficultés, qu'il faut accélérer le processus, qu'elle doit se concentrer et oublier la douleur pour se mettre au service de son passage. Comme si elle n'avait qu'à appuyer sur un bouton. Non mais qu'est-ce que c'est que cette sage-femme ? La machine s'emballe, Hortense a peur, elle ne sait plus quoi faire, la panique la gagne, elle pousse de toutes ses forces, elle a si peur qu'il y ait un problème, si peur de donner la mort plutôt que la vie. Ses hurlements couvrent le son du tambour pourtant à son apogée. Celui du bébé se fait désirer. Le regard inquiet de Paloma, la zénitude incarnée, n'est pas pour la rassurer. Le regard confiant de Dora, le regard paniqué de Charles, Hortense ne sait plus à quel saint se vouer. Elle supplie son ange gardien, son ourse, son serpent, les animaux esprits au grand complet, l'univers, la mère nature, Gaïa, les esprits, les lutins, les fées, à qui de droit de l'aider à faire naître cette âme qui aurait sûrement mérité une maman plus dégourdie, sans massacrer son corps plus que de raison, sans provoquer sa mort par son incompétence à pousser. Paloma est, à son grand désespoir, prête à sonner l'alerte d'une césarienne d'urgence, elle a dans les mains une paire de ciseaux dont la présence ne semble pas aller dans la direction de la préservation de l'intégrité d'Hortense. Charles tente :

— Elle va te faire une épisiotomie, je t'en supplie, pousse !

Sa phrase a l'effet d'une bombe. Hortense réunit toutes les forces qu'elle n'a pas, Dora frappe si fort sur son tambour qu'Hortense se demande s'il ne va pas se crever, son ventre tremble, Sacha sort enfin la tête et pousse le fameux cri tant attendu. Paloma soupire de soulagement, Charles sourit, hypnotisé par la scène, Dora lâche son tambour et tombe d'épuisement. Sacha est contre Hortense, il respire, Charles se colle à eux, ils ont accompli ce miracle.

CHAPITRE 39

Hortense garde Sacha contre elle, c'est physique, elle ne peut pas le poser une seconde dans son berceau transparent, pas plus que le quitter des yeux. Charles est reparti, il n'a pas eu l'autorisation de dormir à la clinique. Sur le coup, Hortense a trouvé ça dur, mais finalement, elle est très heureuse de ce tête-à-tête avec son fils. L'épuisement devrait la rattraper, elle devrait en toute logique tomber de sommeil, mais ce n'est pas le cas du tout, impossible de fermer l'œil. Elle se sent si joyeuse de contempler cet enfant recroquevillé contre sa poitrine, elle reste si abasourdie d'avoir pu donner la vie qu'elle est euphorique. Elle ne ressent aucune douleur, aucun traumatisme, si ce n'est cet énorme bide gonflé comme un ballon, elle n'imaginait pas retrouver sa taille de guêpe en trois minutes, mais elle pensait qu'une fois l'eau, Sacha et le placenta sortis, son ventre diminuerait de moitié, au moins. En réalité, c'est encore une pastèque énorme. Combien de temps va-t-elle rester difforme ? Elle l'ignore, et une partie d'elle s'en fiche complètement. Une autre partie d'elle a envie de poser la question à Ingrid, mais elle n'a pas la force de prendre son téléphone. Son petit miracle dans les bras, elle se sent comblée, heureuse comme elle ne l'a jamais été. Elle repense à ces années de doutes, à tous les moments de sa vie où elle s'est dit qu'elle n'aurait jamais d'enfant, que la maternité n'était pas pour elle. Elle pense à sa mère qui n'a jamais su l'aimer, elle prie pour elle, se faisant remarquer qu'on doit être vraiment déconnecté de soi pour oublier d'aimer son enfant. Elle est rassurée d'avoir un tel élan d'amour pour le petit Sacha, elle avait si peur de ne rien éprouver, elle avait lu que ça arrivait souvent de ne pas aimer son bébé tout de suite. Ces années de lutte pour être mère lui auront au moins offert ce cadeau : apprécier sa chance d'être la maman d'un adorable bébé en bonne santé pour lequel son cœur a immédiatement fondu. En donnant le biberon à son fils, elle savoure la douceur de nourrir l'être qu'elle a mis au monde, et sourit à l'idée de pouvoir officiellement dire qu'elle a fondé sa propre famille.

Voilà déjà la sortie de la clinique et le rituel d'accueil de Sacha sur la plage. Le ventre d'Hortense a bien dégonflé, même si elle semble encore enceinte de cinq mois – elle est contrainte de continuer à porter ses robes de grossesse qu'elle ne peut plus voir en peinture, mais sa garde-robe étant basée sur sa taille fine, elle n'a pas un seul vêtement normal qu'elle pourrait porter sans diviser son ventre en deux. Elle a décidé de lâcher prise ; de toute façon, entre la bavouille de Sacha, les gouttes de biberon et les rots qui se terminent en mini vomi sur son épaule, les vieilles robes larges feront bien l'affaire. Elle choisit la moins déprimante, celle à fleurs, pour cette journée si spéciale.

Charles l'attend dans le couloir pendant qu'elle réunit ses affaires. Elle installe Sacha contre elle dans l'écharpe porte-bébé et descend fièrement les marches de la clinique. Dans la voiture, il s'agit de poser Sacha dans le siège auto installé par Charles à l'arrière. Hortense ne peut s'y résoudre. Charles, après avoir inutilement insisté, accepte exceptionnellement de conduire très doucement sur les quelques centaines de mètres qui les séparent de la petite crique où Dora a organisé la fête.

Tout le monde est réuni : Julien, le père d'Hortense, Juliette et Eugène, les parents de Charles, Ingrid et

Raoul avec leur fils Joseph, Paul avec Chloé, sa femme, et leurs deux filles, Bérénice et Péléandre. Et bien sûr, Dora qui officie.

— Chers amis, Hortense et Charles ont souhaité vous réunir pour accueillir leur fils Sacha qui a une semaine aujourd'hui. Je vais faire chanter doucement mon tambour tandis que chacun d'entre vous va venir ici dire quelques mots pour poser une intention pour le petit Sacha. Quand tout le monde sera passé, je frapperai plus intensément et chanterai des chants spontanés, tout en vous invitant à danser. Je propose qu'Hortense commence, puis que chacun vienne parler quand bon lui semble, et que Charles s'exprime en dernier.

— Mon fils, je te souhaite d'être toi-même, de ne jamais avoir à porter un masque, d'être libre et de t'aimer.

Hortense, toujours incapable de poser Sacha, s'assied avec lui dans le sable.

— Longue vie à toi, Sacha, dit Raoul, pas très inspiré.

— Sacha, on compte sur toi pour relever le niveau de la famille, blague à moitié Julien en cherchant le regard complice de sa fille.

— Sacha, Joseph, je vous souhaite une aussi belle amitié que celle de vos mères, lance joyeusement Ingrid avec son fils dans les bras.

— Sacha, je sens que tu vas devenir un grand marin, propose Paul, l'air rêveur.

— Sacha, on t'aime déjà, dit Chloé en chœur avec ses filles.

— Sacha, que tu sois aussi merveilleux que ton père, dit avec douceur Juliette.

— Sacha, sois fort, le monde est dur, mais tu sauras trouver ta place, lance Eugène.

— Sacha, je te promets un petit frère très vite, s'écrie Charles dans un élan qui lui échappe presque.

Hortense sent une grande décharge joyeuse à ces mots et confirme dans un grand sourire qu'elle adhère complètement à l'idée d'un autre enfant. Tant d'amour mérite d'être vite multiplié par deux.

Dora se met à chanter et entraîne tout ce petit monde dans une grande danse pleine de joie et de douceur, les pieds dans l'eau. Finalement, le bonheur était plus proche que ce qu'Hortense s'imaginait. Il aura fallu deux ans, cinq mois, trois semaines et deux jours pour faire naître à la fois un enfant et la nouvelle femme en elle.

REMERCIEMENTS

Merci à Carole Bouché, qui m'a permis d'accoucher de ce livre et de guérir des blessures qui m'empêchaient de l'écrire.

Merci à Sophie Chédru, qui croit toujours en moi et en mes projets et a réussi à créer la bonne rencontre au bon moment pour que ce roman soit publié.

Merci à Cedrik Verdure, mon mari, qui a travaillé deux fois plus pour que je puisse trouver le temps d'écrire même si l'avenir de mes mots était très incertain.

Merci à Adam et Milan de m'avoir choisie pour maman et d'avoir décidé de rester.

VOUS AVEZ AIMÉ CE LIVRE ?

Découvrez aussi, aux éditions Nami

Sur le papier, Alice a tout pour être heureuse. Pourtant, elle ne peut s'empêcher d'écouter cette petite voix dans sa tête qui souligne ses erreurs et fabrique des scénarios catastrophe dont elle est l'héroïne. Heureusement, elle peut compter sur Julien, son mari, pour la soutenir et la réconforter quand son syndrome de l'imposteur prend le dessus. Mais le jour où Julien reçoit cette étrange prédiction : « Vous allez changer de femme », tout bascule. Car ce présage vient chambouler un équilibre déjà fragilisé par le licenciement récent de Julien. Alors qu'elle voit son mari s'éloigner un peu plus chaque jour, Alice doit puiser en elle-même les ressources afin d'aller de l'avant, pour le meilleur ou pour le pire.
Et si ce grand bouleversement était sa plus belle chance ? L'occasion de faire la paix avec sa voix intérieure et de devenir la femme qu'elle est vraiment ?

17 €

224 pages

Du même auteur, aux éditions

Femme imposante et énigmatique coincée entre le paravent et le bureau d'angle du coin Conseils d'une petite biblio-thèque en plein cœur de Tokyo, Sayuri Komachi attend patiemment ceux qui décident de venir la voir. Hommes ou femmes, jeunes ou vieux, salariés ou retraités… ils sont au croisement de leur vie. Et à chacun, la mystérieuse bibliothécaire propose un ouvrage totalement inattendu, bien loin de celui qu'ils croyaient être venus chercher. Mais ce choix ne relève pas du hasard, car derrière cette lecture imprévue et surprenante se dessinent les premiers jalons d'un nouveau départ.
Un roman choral poétique qui célèbre le pouvoir des livres et l'importance qu'une personne attentive et à l'écoute peut avoir sur le destin de chacun d'entre nous.

19 €

352 pages

Cet ouvrage a été imprimé en utilisant des papiers composés de fibres naturelles, renouvelables, recyclables et fabriquées à partir de bois issus de forêts qui adoptent un système d'aménagement durable. En outre, les fournisseurs de papier s'inscrivent dans une démarche de certification environnementale reconnue.

Achevé d'imprimer en septembre 2022
par CPI Bussière
À Saint-Amand-Montrond (18)
Dépôt légal : octobre 2022
N° d'impression : 2065667
Imprimé en France